新しい星

彩瀬まる

文藝春秋

目次

写真　『夏は幻　Iska作品集』より
装丁　大久保明子

新しい星

新しい星

三年ほど前のある昼下がりの出来事を、森崎青子《もりさきあおこ》はまるで、自分がもう一度産まれ直したような、生々しく忘れがたい感覚として記憶している。

青子は実家のリビングの床に横向きに寝そべり、下敷きにしたキルト地のラグとフローリングとの境目に両手を投げ出していた。その辺りにはちょうど、ガラス戸から差し込む初夏の日差しが細長い平行四辺形を描いていた。昼食後のデザートを食べるうちに眠くなって、テレビを消して横になったのだ。ローテーブルにはまだカステラが二口ほど残った小皿と、自家製の麦茶のコップが置かれたままになっている。リビングには丈夫な帆布《はんぷ》のカバーがかかったソファも設置されているのだけれど、青子は子供の頃から、日当たりのいい位置を狙って床に寝転がるのが好きだった。

家はとても静かだった。父も母も出かけていたのだろう。日差しに浮かぶ星のような埃《ほこり》の粒を眺めながら、青子はほんの数ヶ月のうちに自分の身に降りかかった出来事を漠然と思い返した。いや、思い返すというより、それらの出来事は体の奥深くに突き刺さったつららのごとく、じくじくと痛みを湧き出させて意識の中心に居座り続けている。どれだけ辛くても、もう二度と体の外に出せない悲しみのかたまり。青子は産まれて間もない子供を亡くしたばかりだった。そしてトラブル続きだった妊娠期間を通じて、自分の体が——アレルギーも持病もない、むしろ人よりも丈夫なくらいだと信じていた体が——子供を育みにくい性質を有している可能性があることを知った。それが決定的な理由となり、夫の穂高《ほだか》と離婚した。

よい恋愛をしたと思っていたし、よい結婚をしたと思っていた。よい出産、よい子育てへ、道は真っ直ぐに続いていくのだと意識すらせずに信じていた。展望を失い、一時的に実家に身を寄せた青子は、汚水を吸った綿にでもなった気分だった。黒く濁った心身のどこにも力が入らず、ふとした拍子に涙が止まらなくなり、枕で口を塞《ふさ》いで絶叫した。消毒した手を保育器の小窓から差し入れ、そうっと触れた新生児の体。つまめばちぎれてしまいそうな頼りない皮膚《ひふ》、肋骨のおうとつ、淡く開かれた水っぽい瞳。そんな美しいものを思うだけで、全身から愛おしさと悲しみが鮮血のように噴き出し、止まらなかった。

なにかを思えば涙になる。叫びとして、ほとばしる。実家に戻って一ヶ月が経ち、二ヶ月が経ち、一つの季節が過ぎる頃、あらゆる感情を放出し続けた青子は、自分が空っぽになったような虚脱感に襲われた。出せるものを全て出してしまうと、なにも感じず、なにも考えずにリビングで転がっている時間が増えた。

音のない家で一人、ガラス製の置時計の、時計盤の周囲に彫られた百合の花や、フローリングを傷つけないよう椅子の脚に装着されたフェルトのカバーを眺めるうちに、なんだか見知らぬ惑星に寝転んでいるような、怪しく心もとない気分になった。不時着した砂地から顔を上げ、そろりそろりと周囲を見回し、夫や子供を望まない人生を考え始める。床に手をついて頭を下げた夫の清潔なうなじや、乳を吸う赤ん坊の口の動きが脳裏をよぎる。目尻で涙が球を結び――しかしこの涙は、ただの条件反射だ。なくした、大きなものをえぐりとられた、そう思ってきたけれど、私は結局のところ、なにをなくしたのだろう。

日溜まりに差し入れた両手が温かい。眠さに負けて目を閉じると、手は自然となじんだ形を追った。てのひらに収まるほど小さな頭、平たい背中とおむつのごわつき、皮膚へ染み入る切ない体温。あの子に――なぎさに触れた時間は、気が狂いそうなほど苦しくて、でも、素晴らしかった。命が一つ、目の前で熱を放っていた。忘れていないし、きっともう死ぬまで忘れない。

それなら私は、失ったのではなく、得たのではないか。

「青子、ちょっとなにしてるの?」

怪訝《けげん》そうな声とともに揺り起こされる。目を開けると、眉をひそめた母親の糸子《いとこ》の顔があった。青子は、両親がもう子供を持つのを諦めかけていた三十代の後半に思いがけず授かった子供で、慈しんで育てられた。糸子がよくアニメの曲を弾いてくれた、年季の入ったアップライトピアノ。かつてたくさんの絵本を収納し、今は父親の健太郎《けんたろう》のレコード入れになっている背の低い本棚。幼い青子がたびたびチョークで家族の絵を描いた、壁に立てかけて使う小さな黒板。この家には幸福な記憶をよみがえらせる品物があちこちに置かれている。

糸子を見た青子は急に心がほどけ、学校で良いことがあった日の帰り道のように、彼女に報告したくなった。今、とても大切なことがわかった気がする、と。ふいに叩き落とされた新しい星で、握り締めていられるものを見つけたかもしれない。

「あのね……なぎさが、そばにいるの。私を慰めてくれてる。だから私はこれから、一人でもちゃんとやっていけると思う」

もう心配しないでと伝えたかった。もしかしたら、よくそれに気がついたね、と褒められることすら、どこかで期待していたのかも知れない。しかし日溜まりをかき混ぜる娘の手に目を向けた糸子の顔は、みるみる青ざめていった。

「一人でも、って……なに、なに極端なことを言ってるの。一人でなんてそんな……年をとってから後悔したって遅いのよ？　あのね青子、辛いのは本当にわかるけど、ちゃんと現実を見なきゃ。気持ちを切り替えて、次の生活に踏み出すの。子供はいらないっていう男性だって探せばきっといるわ。一人なんてだめよ。だってなぎちゃんは、なぎちゃんは……」

もういないのよ、とうめく糸子の内部で悲しみがみるみる膨らみ、それ以外の感情や思考を塗りつぶしていく様が、見えるようだった。ああお母さん、いっぱいにならないで。青子は胸が詰まった。もう糸子にメッセージは届かない。青子が見つけたどんな真実も、幼稚な妄想として拒まれる。

新しい星で、青子はやはり一人だった。墜ちた砂地で途方に暮れて、すすり泣く母親を眺めていた。


水曜日と土曜日を除く週五日、青子は自分が受け持つ授業が始まる十五分前に教室に入り、スマートフォンをプロジェクターに接続して洋楽のミュージックビデオを一つ、リピート再生する。最前列の長机には、その日選んだ曲の歌詞の原文と和訳を並べて印刷したプリントを置いておく。三十人ほどの生徒達は教室に入るとプリントをとって適当な席に座り、休憩しながらミュージックビデオと手元の歌詞を見比べる。なるべくCMで使用された曲や、夏のフェスなどで来日している人気アーティストの曲を選ぶことにしている。英語をただの受験のノルマとみなすのではなく、知らない文化を理解するツールとして少しでも楽しく使いこなして欲しい――というのが志の高い講師としての意見で、実際は、連日の受験勉強と部活に疲れ果てた高校生達の眠気をとにかく覚ましたい、というのが本音だった。特に金曜日の二十時から始まる授業は一週間の疲れが噴き出る魔の時間帯らしく、開始から十分で居眠りを始める生徒が後を絶たなかった。まず始めにメロディアスな曲や、歌詞に面白さのある曲を流し、とっかかりを作ってから授業に入りたい。

始業のベルが鳴り、ミュージックビデオの再生を止める。

「はい、それじゃあ始めます。歌詞のアンダーラインを見てください。うん、sorrow ね。悲しみ、悲嘆、なんて訳されることの多い単語です。この歌では自分を痛めつけた恋人への怒りと決別が歌われているわけですが、この my sorrow はその前の二行も踏まえて解釈した方がよくて……恋人が他の人と浮気しまくるのを、好きにしなさいって見放してるんだね。しかしそれでは求めているものは手に入らないと、いずれあなたも気づくだろう。そのとき私の悲しみは黄金の宝となる、と挑発しているわけです。ちょくちょく出てくる単語だから、このお姉さんの気迫のこもった歌声と一緒に覚えておいてね。では、テキスト七十二ページの例題を読んでみましょう――」

授業が終わり、ホワイトボードの板書を消していると、虹色の角を持つユニコーンのぬいぐるみを学生鞄につけた女子生徒が声をかけてきた。

「ねえ、今年は夏期講習やるの?」

「え、やるよもちろん。どうして？」

「塾のホームページの夏期講習のところ、森崎先生の写真がなくなってたから。もしかして中止になったのかなと思って」

「たぶんなにかのエラーだよ。教えてくれてありがとう」

「来週はテイラーの新曲がいいな」

「考えておくね」

生徒たちを送り出し、青子は教室の扉を施錠して職員室へ向かった。スマホでホームページを確認したところ、確かに数日前まで英語科の常任講師として表示されていた自分の写真が消え、名前と経歴のみの紹介に変わっていた。システム担当のスタッフに声をかけ、写真について確認する。すると難しい顔で、塾長室を示された。不穏な予感に胃が重くなる。

塾長の牧原《まきはら》は五十代半《なか》ば、物腰は丁寧だがどことなくつかみどころのない人物だ。小柄で背が丸く、羊を思わせる柔和な顔立ちをしていて、黒縁の眼鏡の印象が強い。

「保護者からのクレームが入ったんですよ。おたくの森崎ってのは、授業で宗教を押しつけているのかって」

「一体なんのことですか？」

「授業で賛美歌を流し、歌詞を配ったそうじゃないですか」

「賛美歌は流していません。確かにサビにハレルヤという歌詞が入った曲は先週の授業で使用しましたが、あれは映画やドラマでたびたび使用されているメジャーなポップソングです。教養として、また、breakという単語を説明するのに適切なテキストとして紹介しました」

「ええ、ええ、わかりますよ。森崎先生にも考えがあったのでしょう。でも保護者の中には誤解をする人もいます。しかもネット上で先生の名前を検索すると、特定の宗教施設で子供たちを指導している写真が出てくるそうですね。もちろん信教の自由があるのだから、先生がなにを信じるかは自由です。ただ、うちの塾がまるで特定の宗教を推奨しているかのような印象が広まるのは、ちょっと」

「指導って……子守りのアルバイトでしょうか。手遊び歌を教えただけです。なにが問題視されているのか、よくわからないのですが……」

実家を出て新しい住居に移ったばかりの頃、なんとなく近くのステンドグラスの美しい教会に立ち寄り、入り口で電球を替えていたスタッフの女性と仲良くなった。英語版の聖書を勉強している最中だという彼女と一緒にわかりにくい部分を検討したり、幾度か頼まれて教会に通う子供たちの面倒をみたりと、しばらく交流が続いた。

ネット上の写真とは、その子守りの様子を写したもののことだろう。親たちがお堅い勉強会に参加する間の、一時間ほどの会だったが、日本でもよく知られたマザー・グースの童謡を英語で手遊びつきで教えたところ、ずいぶん盛り上がった。早期の英語教育になる、と親たちからも喜ばれ、教会は青子を正式な講師とみなして謝礼を払ってくれた。塾の仕事が忙しくなるにつれて足は遠のいたが、いい近所づきあいができた、と爽快な印象が残っている。青子の後は、英語に堪能な大学生アルバイトが託児サービスを引き継いでいると聞く。

眼鏡の薄いガラスで隔てられた牧原の黒い瞳はのっぺりとしていて、奥行きがあまり感じられない。青子は迷いつつ口を開いた。

「ようするに、授業の前に音楽を流すのをやめてほしい、ということでしょうか」

「そうは言っていません。実際に生徒たちは喜んでいるようですし、わざわざ他クラスからも歌詞のプリントをもらいに行く生徒がいるくらいだと聞いています。先生の取り組みに関心を持っている保護者も多い。ただ、変な誤解を生まないようにしてほしい、というだけですよ」

「変な誤解」

「ええ。ネット上の森崎先生のイメージと、うちの講師としての森崎先生のイメージが簡単につながるから厄介なことになるんです。だから、一時的にこちらの写真は下げさせてもらいました。よければ宗教施設のホームページに掲載された写真を取り下げてもらってください。そうすればこちらの写真をのせられます」

「ちょっと待ってください。賛美歌は流していない、布教をしていたわけじゃない、そして私が授業で使用した曲が一般的なポップソングであることは、それこそ曲名やアーティスト名を少し検索すればわかることです。私のプライベートを勝手に詮索した挙げ句、そんな軽率な誤解をする人のために、私が行動を変えなければならないんですか？」

そもそも言いがかりをつけられた時点で対象者の意見を聞き、「そのような事実はありません」と否定するのが組織の長の役割ではないのか。牧原は自分もとても困っているとでも言いたげに肩をすくめた。

「まあ、こういうご時世ですから、悪い噂は広まりやすいものです。そのあたりをもう少し、森崎先生にも考えてもらわないと」

驚いてしまう。牧原は青子とその保護者のどちらの言い分が正当であるかなど、微塵《みじん》も興味がないのだ。言いがかりをつけられること自体を落ち度と見なし、「人の目に留まるようなことはするな」となんの思想もなく被雇用者にプレッシャーをかけている。

「牧原先生がおっしゃりたいことはわかりました。失礼します」

それだけ言って塾長室を出た。扉を閉め、深々と息を吐く。

なぎさは、育つのが遅い胎児だった。

脈拍が出るのも、体重が増えるのも、手足が伸びるのも、遅め。それでも、じりじりと育ってはいた。心配が雪のように降り積もる重苦しい日々を耐えながら、青子と穂高は生まれてくる子供に関するあらゆる可能性を考え、話し合い、心の準備をした。妊娠四ヶ月目には正常とみなされる発育の範囲から外れてしまい、青子は近所の産科から、より体制の整った子供向けの総合病院へ転院した。

精密検査を受けても、発育不良の原因はわからなかった。青子は妊娠がわかってから酒は一滴も飲まなかったし、煙草も吸わなかった。血圧が上がり気味で、妊娠高血圧症候群の前兆が見られたため、三食をほとんど味のしない、冗談のようにまずい減塩食で過ごした。不正出血があり、幾度か入院もした。有休はあっという間になくなり、休職制度のない小さな英語教材製作会社は、それ以上青子を雇っていられなくなった。妊娠八ヶ月、青子の血液検査の結果が急激に悪くなり、それ以上の妊娠の継続は母体が危険だと判断され、帝王切開手術で胎児を取り出すことになった。

生まれてきたなぎさは、両のてのひらに納まってしまいそうなほど小さかった。鼻と口は人工呼吸器で覆われ、他にも全身がいくつもの管につながれていた。

「とにかく二人とも無事でよかったよ。俺は、最悪の想像もしてた」

青子となぎさの両方が手術室から生きて戻らない、そんな可能性もあった。そうだね、と頷《うなず》きながら、車椅子に乗った青子は縫い合わせたばかりの腹を押さえて保育器を覗き込んだ。

「なんてかわいいんだ」

穂高がたまりかねたように言う。青子は深く混乱していた。麻酔で朦朧《もうろう》としながら、手術室で産声を聞いた。その瞬間に胸に降り落ちたのは喜びや安堵《あんど》ではなく、真っ黒な罪悪感だった。産んでしまった。まだ体ができていないのに、産んでしまった！

「そうだね、かわいいね」

なぎさは目を閉じていた。ショックで心が痺れていて、本当にかわいいのか、かわいくないのかもわからない。看護師に促されてそっと裸の背中に触れる。赤みを帯びた新生児の体はこの世で触れたどんなものよりも熱く、少しの弾みで潰してしまいそうなほど柔かった。畏《おそ》れのあまり、指先が痛む。火傷《やけど》でもしたみたいに。


バスに揺られるうちに雨が降り出した。車窓を埋めた水滴が斜めの筋を描いて後方に流れていく。青子は授業中にスマートフォンに届いていた糸子からのメッセージの通知をタップし、なるべくなにも感じないよう努めつつ文面を開いた。なにか感じ始めると、読むのがいやになってしまう。そして彼女のメールは今日も小さな「いや」を運んできた。入院中の母方の祖父が消息を聞きたがっているから、お見舞いに行きなさいという指示だった。先月実家に顔を出した際にも同じことを言われ、断ったばかりだ。

しばらくおじいちゃんには会いたくない、とリビングでコーヒーを飲みながら告げたところ、糸子はカップを唇に当てたまま、まるで壊れた機械のように動きを止めた。

「ど……どうしちゃったの、あなた。あんなにおじいちゃんが好きだったのに」

「お母さんだって聞いたはずだよ。あの人はなぎさが保育器に入ったって聞いた途端、青子ちゃん煙草吸ったんだろう、って決めつけた」

知的で、茶目っ気があって、クリスマスに訪ねるたびに大きなケーキを用意して待っていてくれて、寒い日にはこたつを挟んで将棋を教えてくれた母方の祖父に対して、青子は親族の中で一番親しみを感じていた。だからこそ、なにげない一言に刺された傷は今でも血が止まっていない。

糸子は頭痛でもこらえるように、こめかみを押さえた。

「古い人なんだよ。悪気はないんだから……」

「違う。あの人はあの年齢まで、人生にはどうにもならないことがあるって学ばなかったんだ」

「そんなことを言ったってしょうがないでしょう。おかしいよ。性格が曲がって、おかしくなってる。あんたがだよ、青子」

「そうだね。一緒にいるとおかしくなるから、やっぱり私はここを離れた方がいいんだ」

なぎささを身近に感じたあの昼下がりから、糸子との会話は食い違い続けていた。翌年、青子が二十九歳になると、溝はますます深まった。子供を産めないのだからせめて二十代のうちに出会いを探すべきだ、と糸子は青子に婚活を強いた。一人でもいいんだ、無理をして相手を見つけたいとは思わないといくら説明しても「私を安心させてほしい」の一点張りで、聞く耳を持たなかった。父親は時々彼女をいさめるものの、この問題には関わらないと決めた様子で口を閉ざしていた。結局、青子は戻ってから二年も経たないうちに実家を出た。

顔を上げると、濡れたバスの窓に赤とオレンジと緑の光が映っているのが見えた。かつて子供たちに手遊び歌を教えた教会のステンドグラスだ。夜間の礼拝か、もしくは仏教でいうところの通夜にあたる儀式でもやっているのだろうか。まだ活動中らしくライトアップされている。

あのステンドグラスを、礼拝堂の内側から見上げた日々があった。昼間は礼拝中でも一般の出入りが自由な、開かれた教会だ。堅い木の長椅子に座り、静けさの中で日光に輝くガラスを眺めていたり、響きの良い牧師の祈りに耳を傾けたり、そうした時間を過ごすうちに、青子は波立った心が均《なら》されていくのを感じた。あんなに好きだったのに、母親や祖父と一緒にいるのが苦しい。昔の青子に戻って欲しい、と願う彼らからは、「普通」からはみ出してしまった自分を咎《とが》め、治したがっている気配を感じた。

そしてそれは、物事の実情よりも「誰にも批難されないこと」を第一とする牧原の姿勢にもつながっている気がする。みんなが想像する「普通」からはみ出してはいけない。「普通」じゃないことが起こるのは、なにかしらの恥ずべき異常があるからだ。年頃の娘が再婚を望まないのは、ストレスで頭がおかしくなったから。子供が死ぬのは、母親に不手際があったから。クレームはどれだけ見当違いでも、つけられた方にも落ち度がある。あなたが普通じゃないから、普通じゃないことが起こった——。

「家族と仲良くしたかった」

教会で午前中を過ごしたある日、ぽつりとこぼれた幼稚な本音を、隣の席でミサのプリントを用意するスタッフの鶴島《つるしま》だけが聞いていた。彼女は短く青子を見つめ「わかりますとも」と厳《おごそ》かに頷いた。

「でも、それを選べない時があるのも、わかります」

青子と同年代の鶴島は、教会のスタッフになる前は幼稚園教諭だったらしい。結婚式や葬儀で教会が忙しい時を除いて、今でも教会附属の認定こども園でアルバイトをしている。もうすぐ中学生になる息子がいて、夫との死別をきっかけに教会に通い始めたという。色んな人がいるものだ。それぞれの人が、生きるうちに思いがけず運ばれた未知の場所で格闘している。

　実家を飛び出し、一人暮らしを始めた自分が教会の前で足を止めたのは、ただの気まぐれではなかった、と振り返って青子は思う。静けさなり、誰かとの落ち着いた会話なり、なにかしら求めるものがあったのだ。様々な選択、様々な出会いを積み重ね、なんとか立て直して今の自分がある。それを思えば、世話になった教会に当時の写真を削除してほしい、なんて筋違いの依頼を出すのは気が引けた。かといって、あの馬鹿馬鹿しいやりとりをこれからずっと、牧原と繰り返していくのも憂鬱だ。正直なところ牧原の下を離れたい気分だったが、少子化に伴い塾講師、とくに社員講師の求人は激減している。そう簡単には辞められない。

　まもなく終点です、とバスの運転手が平たいトーンでアナウンスする。手元のスマホが点《とも》り、新しいメッセージの到着を告げた。明日、一緒にドライブに行く約束をしている茅乃《かやの》からだ。

【おつかれさま！　明日はいつも通り駅前に八時で大丈夫？】

　大丈夫、と青子はすぐに返信する。三秒ほど考え、少し足を延ばして海を見下ろす温泉にも入らない？　と付け足した。

【いいねえ、もちろん。露天風呂でゆっくりしよう】

　大学の合気道部で出会い、十年を超える付き合いのある茅乃は、いまや五歳の娘の母親だ。

二ヶ月に一度くらいの間隔で連れ立って郊外の道の駅に買い出しに出かけたり、近場の行楽地に遊びに行ったりしている。

やりとりは終わりかと思いきや、茅乃からもう一つ、メッセージが届いた。

【色々話したい】

茅乃がこういう思わせぶりな書き方をするのは珍しい。なにかあるとすぐに長文で打ち明けてくる、ざっくばらんな人だ。

【なにかあったの？】

夫婦喧嘩でもしたのだろうか。それとも、娘の保育園での悩み？　共通の知人に関すること？　わからない。返事が来るよりも先に、バスが駅のロータリーにすべり込んだ。一斉に席を立つ乗客の流れに乗って、青子も車両を降りる。

雨は降り始めよりは弱まったものの、まだぱらついていた。パンプスから覗いた足の甲に細かな雨粒がかかり、不快だ。キャンバスバッグから折り畳み傘を取り出す。今日はなんだかついていない。濡れてぎらぎらと光るアスファルトを見ていたら、急に疲れを感じた。甘いものが欲しい。

最近流行《はや》りの中国茶の店に立ち寄り、ホットのジャスミンミルクティーをシロップ多めのテイクアウトで注文する。青子よりも先に注文し、目の前でチョコタピオカミルクティーを受け取った小学生ぐらいの女の子と目が合った。女の子の目が少し大きくなる。よく外遊びをしているのだろう、日焼けをして活発そうな、見覚えのある子だ。

「マザー・グースの先生だ」

「ああ……どうも、こんばんは」

「じゃあね」

子供は愛想笑いをしない。透明な無表情でひらっと手を揺らし、少女は店の外で待っていた母親と、手を繋いで帰っていった。


こぢんまりとしたワンルームに帰り着いたのは二十三時だった。湿った服を脱いで熱いシャワーを浴び、部屋着に着替えて一息つく。

「なぎ、ただいま」

青子は冷蔵庫から子供向けの林檎ジュースを取り出し、敷きっぱなしの布団のそばに設置した小さな仏壇にそなえた。黒漆の位牌を、親指でくすぐるように撫《な》でる。

「今日は雨だよ。少し疲れた。もう六月なのに、なかなか暖かくならないね」

グラス一杯の赤ワインの他、レトルトのトマトソースに解凍したごはんを入れて煮立て、最後にとろけるチーズをまぶした簡単なリゾットを用意して、遅い夕飯にした。

スマホが光る。

【明日ゆっくり話すよ】

ずいぶん間が空いたなと思いつつ、茅乃からの返信にOKとサムズアップをした猫のスタンプを返す。続けて、おやすみ、と布団に入ったうさぎのスタンプを送る。すぐに茅乃からも似たようなスタンプが届いた。

重めのワインを一口飲む。

茅乃と、食事をした。あれは確か、なぎさの葬式のあとだった。なぎさのことも離婚のことも、あまりに話題として重苦しく、一番親しい茅乃にも話せるようになるまで数週間かかった。子供を亡くした、もう家族で葬儀はした。色々あって、環境が激変した。そう連絡した翌日の夜には、茅乃は黒いワンピースを着て青子の実家を訪ねてきた。青子とその両親に丁寧なお悔やみを言い、実家の仏壇に置かれていたなぎさの位牌に手を合わせた。それから、青子を近所のレストランへ連れ出した。

アルコールが入った方が話しやすい気がして、二人で赤ワインを飲んだ。あのときにも。

「そういや青子、お酒好きだものね。妊娠中に禁酒するの辛くなかった？　私はもうめちゃくちゃ辛くてさ、おしゃれな料理で晩酌してる有名人のインスタグラムとか、目の毒過ぎて全部フォロー外したの覚えてる」

茅乃は答えやすい話題を選んで振ってくれた。だから青子も、それほど身構えずに答えることが出来た。

「禁酒も辛かったけど、一番しんどかったのは減塩かな。三ヶ月ぐらい、毎日ほとんど味のないものばかり食べて、自分の分だけ味噌汁も薄くして……なんかずっとイライラしてた。うまく眠れないし、自宅安静だったからあまり気軽に外に出られるわけでもないし、血圧計が怖くなってさ、測らなきゃって思うと、もうそれだけで十くらい数値が上がるの」

「我慢してえらいよ。頑張ったね」

「でも、だめだった。ほんとはもっと、他の人みたいに、普通の、健康な状態で」

産んであげられたら良かった、と言いかけた言葉が、喉で詰まる。ワインを一口飲み、代わりの言葉を探していると、茅乃が先に口を開いた。

「青子がそうして頑張ったから二ヶ月間、一緒にいられたんだよ。なぎさちゃんは絶対に嬉しかったよ。きっとお腹にいた頃から、ずっと」

青子は驚いた。そんな風に言ってもらえるとは思わなかった。そして、同じ言葉を祖父が言ってくれたらどんなに良かっただろうと泣きたくなった。

食事を終え、歯を磨き、明日に備えて少し早めに横になる。茅乃の話がどんなものでも、慎重に耳を傾けて彼女に寄り添おう。そしてそれは、けっして簡単なことではない。これほど言葉が噛《か》み合わなくなった糸子だって、心から娘を心配してくれている。だから余計に、辛い。

照明を消した。薄い毛布を体にかける。

「なぎ」

目をつむって呼びかけると、心に甘いものが湧いた。手のひらに、温かな皮膚の感触がよみがえる。生のパン生地みたいな頬の柔らかさも、小さな爪のひっかかりも。

「大好きだよ」

なぎさがいる、と青子は確信している。自分の中に、ずっといる。慈しんで生きていけるほどの確かさで。

そして、穂高を気の毒に思う。仕事が忙しい彼は病院の面会時間に間に合わず、週に二日しかなぎさに会えなかった。手に体温が染み渡るよりも先に、別れの時が来てしまった。

なぎさは保育器で順調に大きくなった。人工呼吸器が外れ、体につながれたチューブが減った。体重が増え、肉づきが良くなり、髪が増えた。肌の赤みが消え、黒い目をしっかりと見開いて、赤ん坊らしいかわいさが出てきた。授乳の練習も始まり、退院の見通しが立っていた。

亡くなった原因は不明で、眠っている間に呼吸が止まってしまった。未明に呼び出しを受けた青子と穂高はタクシーで病院へ駆けつけ、まだ温かいなぎさを抱いた。まぶたを閉じていた。眠り続けているみたいだった。

　葬儀の後、穂高は塞ぎ込んだ。寂しくて寒くて仕方がない、と小さくなってずっと毛布を肩にかけていた。長い話し合いをした。出産前になぎさが上手く育たなかった理由は結局、わからなかった。こういうものはわかることの方が少ないらしい。なぎさ自身に目立った因子は発見されず、胎盤やへその緒にも異常はなかった。そうなると母体になんらかの体質的な因子がある可能性が残った。もちろん原因はまったく別で、次の妊娠では問題なく発育するのかもしれない。ただ、妊娠するなら設備の整った総合病院に通うようにしてください、と医者からは念を押された。自分がハイリスクな妊婦であることは間違いなかった。

「私はもう、やめておく」

　時間をかけて決めて、伝えた。万が一、再びあの真っ黒な罪悪感に苛《さいな》まれるような事態に陥ったら、耐えられる気がしなかった。すると、毛布をかぶった穂高の体が一回り小さくなった。

「俺は……どうしても諦められない」

　ごめんなさい、とうめく夫の頰がみるみる濡れ、全身が細かく震えだした。生まれたばかりの未熟児を青子よりも先にかわいいと言った夫は、それだけ子供へのこだわりが強かったのだろう。うん、と頷き、青子は穂高の背をさすった。自分たちは気の合う夫婦だったし、愛し合っていたと思う。愛が選ばれない状況もあるのだと初めて知った。そうして夫は、別の人生へ向かった。

駅前でクラクションを鳴らす茅乃に、普段と変わった様子はなかった。メタリックな光沢のあるピンクのロングプリーツスカートに、深い緑のシフォンブラウスを合わせている。相変わらず、派手で可愛い服が好きだ。腰まで伸ばした栗色の髪を、美しい金のバレッタで留めている。

「なんか浮かれてる?」

「そりゃあもう。漁協の市場のホームページをチェックしたら、もう岩牡蠣《いわがき》があがってるって。牡蠣様のためにお洒落しなきゃ」

「好きだねえ」

茅乃とは反対にワイドデニムにワッフルTシャツというラフな格好で、青子は助手席に乗り込んだ。お互いの仕事の話、子供の話など、近況報告を交わして高速を走る。茅乃の望み通り、海っぺりの市場で獲れたての牡蠣を食べ、ノンアルコールビールを片手に海岸を散歩し、道の駅で野菜と卵を買って、最後に日帰り入浴のできるホテルに立ち寄った。

「乳癌になったよ。来週、手術」

長い髪をタオルでまとめた茅乃は、露天風呂のへりに腕をのせて午後の海を見ながら言った。二秒、青子は思わず言葉を失った。

「……それで、容体は？」

口に出してから、馬鹿なことを聞いた、と後悔した。どんな容体であれ、不安なことには変わりないだろう。茅乃は軽く肩をすくめた。

「んん、ちょっとは心配な感じ、かな」

「そう……」

目の前の海よりもよほど濁った感情の海が、青子の内側で水位を上げた。ひらっと軽く手を振った、命を宝石のように輝かせた女の子が瞼《まぶた》をよぎる。茅乃の娘は、まだ五歳だ。中国茶の店で出会ったあの女の子よりもさらに幼い。自分たちの年齢でまさか、若すぎる、いやだ、なんてこと、ひどい、ひどすぎる――だめだ、自分の感情でいっぱいになったらだめだ。青子は細く息を吸った。手桶を使い、新しい星に叩き落とされたばかりの友人の肩に湯をかける。

「まずは、ペースを作ろう」

「ペース？」

「うん。これから、治療を生活に組み込んでいくことになるんでしょう？　一番楽なペースを考えよう。私も一緒に探す」

　茅乃はぽかんと口を開き、緩慢なまばたきをした。

「そうか、生活……どんな時でも、生活があるのね、きっと」

　幾度目かのまばたきの後、茅乃の目尻からぽつりと涙が落ちた。声が小刻みに揺れる。

「む、娘の、前で、泣きたく、なくて」

「そうだよね、わかるよ」

「怖くなったら、電話していい？」

「もちろん。朝でも夜でも、いつでもいいよ。仕事中だったら、終わってから必ず折り返す」

　茅乃は濡れた目尻を手の甲で押さえ、顔をそらした。よく晴れていて、温泉の水面には光の網が浮かんでいた。白い海鳥が水平線の近くを飛んでいる。

　彼女の涙が止まるまで、それぞれに景色を眺めながら、静かに湯につかっていた。

海のかけら

頬骨のあたりに、わずかな光が当たっている。温かさや眩しさを感じるほどではない。そこにある、さわっている、そう漠然とわかる程度の、光。

ある、ということ以外になんの作用もないものなのに、光だと思った途端、深く沈んでいた意識がそちらへ向かった。引き寄せられる。ゆるやかな水の流れに運ばれるように、ここちよく。

軽い浮遊感とともに、安堂玄也《あんどうげんや》は目を覚ました。寝起きはいつも頭が枕にめり込むような倦怠感《けんたい》に襲われる。しかし今日は不思議と意識が澄み渡り、楽にまぶたを持ち上げることが出来た。

薄暗い自室の天井が目に入って、すぐ。左手の方向から、柔らかい水色の光がこちらに向かって伸びているのに気づいた。遮光カーテンで覆われた、南向きの窓の中央。両開きのカーテンの合わせ目に隙間が生じ、そこから差した光が枕元へ届いていた。

玄也は起き上がり、窓際に置かれた机ごしに腕を伸ばしてカーテンを引いた。みずみずしい春の陽光が六畳の部屋へ流れ込む。

窓辺には、丸みのあるガラス片を二十個ほど収納した透明なジャムの瓶が置かれていた。昨日、母親が「リビングを掃除していたら懐かしいものを見つけた」と言って持ってきたものだ。マット加工を施したような柔らかい風合いを持つガラス片はシーグラスという海辺の漂着物で、多くは海中で研磨された瓶の破片だとされている。玄也はこれらを、物心つく頃から近くの海岸で大切に拾い集めてきた。ガラス片のほとんどは水色もしくは緑色で、一つだけ薄い紫色のものがあり、これは滅多に見つからない貴重品だ。

ジャムの瓶を通過した日差しは、遠浅の海を思わせる淡い色に染まっている。母親に渡されたとき、自分は通販で届いたばかりの漫画に目を落としていて、母親の顔も、差し出されたものも、あまり見なかった。生返事をして、たいして確認もせずに手にした瓶を窓辺に置いた。

見なかった、ではなく、見たくなかったのだ。先月、玄也は誕生日を迎えた。母親が自分の誕生日までにこの膠着《こうちゃく》した状況になんらかの変化が生じることを期待していたのは、どことない声のトーンや、言葉の選び方からわかっていた。心機一転、充電期間もそろそろ終わり、はじめは学校とかでもいいいんじゃない？

玄也だって、なにもしなかったわけではない。実際、様々な就職や就学の情報サイトを眺めた時間も、短いながらあったのだ。

でも、その先に進む気にはなれなかった。仲間と一緒に、働きがいのある、お互いに高め合って、人の役に立ちたい——そんな文字の羅列《られつ》を眺めていると、まるで目の前に巨大な氷の壁が現れたような肌寒さと尿意に襲われ、動悸が激しくなった。急いでブラウザを閉じ、体温のこもったベッドに戻ってかけ布団にくるまる。そうして玄也は部屋に閉じこもったまま三十一歳の誕生日を迎えた。そんな息子に、両親はちゃんとケーキと唐揚げを用意して部屋まで届けてくれた。最後にアルバイトを辞めてから、既に一年半の年月が経過した。履歴書の空白期間が広がるほど、二度と社会に戻れないのではないかという不安が膨らみ、余計に身動きが取れなくなる。

ジャムの瓶をつかみ、揺らした。こすれたシーグラスがちゃりちゃりと涼しい音を立てる。すべて家から自転車で十分ほど走った先にある海岸で拾ったものだ。洗い、乾かし、すごいでしょ、と得意になって親に見せた。世界のどこかからやってきた美しい断片は宝物だった。小学生の頃から二十代の半ばまで、ずっと。

もう二度と拾いに行けない。あの海岸は、勤めていた会社から近すぎる。

海岸だけじゃない。駅も、住宅街も、近所のコンビニも、子供の頃からなにも考えずにのびのびと歩いてきた場所は、どこもひどく居づらい場所に変わってしまった。働いていない、いい年して親に甘えている、ろくにしゃべりやしない、あいつはもうだめだ。実家の二階にこもっていると知られたらそんな風に噂され、不具合品の烙印《らくいん》を押されるのではないか。幽霊じみた恐怖が背中に張り付き、離れない。

知り合いにも、他人にも会いたくない。誰にも姿を見られたくないし、自分についてなにかを思われるのが嫌だ。そう感じ始めたら、元職場の周辺から順に、まるで板チョコを一列ずつ折りとるように「行けない場所」が広がっていった。同僚に会いたくない。同級生に会いたくない。近所の人に会いたくない。自分を評価する他人に、会いたくない。自分の部屋は、辛うじて手元に残ったチョコの一片で、存在が許される最後の場所だった。

枕元のスマホをつかみ、ディスプレイに表示されるデジタル時計を確認する。角張った四つの数字は午前十時を指していた。基本的に朝方に寝て午後に起きる生活をしているので、部屋に差し込んだ光のおかげで、ずいぶん早起きをしたことになる。

メッセージアプリには、母親からメッセージが届いていた。

【お店に行ってくるね！　夕飯は揚げものにしようと思うんだけど、唐揚げと天ぷらならどっちがいい？　玄ちゃんの好きな方でいいよ！】

玄也の母親は、日中は駅ビルの食品街にあるパン屋で働いている。玄也が部屋にこもり始めた当初は【夕飯はなに食べたい？】などの漠然としたメッセージが多く、返事が思い浮かばずにやりとりをほぼ放置していたけれど、いつのまにか母親は【AとBならどっちが食べたい？】といった訊き方をするようになった。確かにその方が、玄也にとって答えやすい。パン屋の従業員が着用する深緑色の三角巾を思い出しながら、玄也は親指を画面にのせた。てんぷ、と打ち込んだところで、文字入力ソフトの動きがぎこちなくなった。唐突に画面が切り替わり、新しいメッセージの受信が告げられる。

心臓がばたたたっと慌ただしく打った。メッセージの送信者は「AOKO」。なんだか覚えのある名前だが、それ以前にひどく焦った。母親以外の人からメッセージを受け取るのは数ヶ月ぶりだったからだ。母親とやりとりしている画面に戻ろう、とまごついた指が、誤って受信したメッセージの方を叩いてしまう。玄也と母親が利用しているメッセージアプリは、メッセージを開けば「既読」という通知が相手方にも届く。

しまった、と思った時には、AOKOのメッセージが画面に表示されていた。

【お久しぶりー、森崎《もりさき》でーす。ゲンゲンいかがお過ごしですか。実は先週から、茅乃《かやの》と一緒に紀尾井町《きおいちょう》の道場に通い始めました。日曜日の午後の稽古に出ています。ゲンゲンや卓《たく》ちゃんにも会いたいので、気が向いたら顔出してねー。指導に当たっている遠藤《えんどう》師範も、二人に会いたがってた】

能天気で明るい文面に、面食らう。AOKOは、大学で同じ合気道部に所属していた森崎青子《あおこ》だった。五年ほど前に、同じく合気道部で自分らの代の主将を務めた花田《はなだ》卓馬《たくま》の結婚式で再会し、アプリの連絡先を交換したのだった。

AOKOからのメッセージには、既読のマークがついてしまった。しかも受信した直後に。きっと青子はスマホを眺めている自分の姿を想像しただろう。もしかしたら、すぐに返事が来るかも、と待っているかもしれない。

誰にも気づかれないようにしていたのに、見つかってしまった。そんな後ろめたさに似た奇妙な気分が掻き立てられた。どうしよう、もしも返事をしなかったら「すぐにメッセージを見たのに無視をした」という印象が青子に残る。それはある種の返事と同じだ。誤操作をしなければ、いっそ気づかなかったふりもできたのに。

一年半も家から出ていない。町を歩くことにすら抵抗がある。こんな状態で、大学時代の部活仲間に会いたく……ない、ような気がする。合気道の稽古はともかく、会えば絶対に、最近どうしてる、と近況を聞かれるだろう。馬鹿にされるのも、問題を抱えた奴だと哀れまれるのもいやだ。身がすくむ。

とにかく、なんらかの口実を作って断ろう。仕事が忙しい、体調を崩している、実は引っ越しして関東圏にいない……そんな嘘を想像しただけで、どっと気力が奪われた。すべてを放り出したくなって、スマホの画面を暗くする。空腹を感じ、部屋を出て一階の台所へ向かった。両親が仕事に出ている日中は、気楽に家の中を歩き回れる。

テーブルにいつも母親が置いてくれている朝食の残り——今日はわかめごはんのおにぎりとハムエッグ、トマトときゅうりのサラダだった——を平らげ、空になった皿を流しへ運ぶ。冷蔵庫から取り出したリンゴジュースをコップに注いで飲み干す。

カロリーを摂取したせいか、先ほど青子から届いたメッセージが再び頭に戻ってきた。道場に、また通い出した？　卒業から十年近く経って？　卒業後も合気道をずっとやっていきたい、と意気込む部員は、確かに何人か在籍していた。でもあの二人がそうだったという印象はあまりない。一体どんな心境の変化だろう。

入部した一年の頃は十人近くいた同期も、バイトが忙しくなった、部内で衝突が生じた、恋愛関係で仲がこじれたなど、様々な理由でぽつりぽつりと辞めていき、部活を監督する三年生になる頃にはたった四人になっていた。主将の卓馬、副将の茅乃、後輩の教育係の青子、そして会計及び渉外の玄也、と役割を振り、畳が氷のように冷える真冬の朝練、三十人近い後輩を引率した夏合宿などを、なんとか協力して乗り切った。明るいゲームオタクの卓馬、人の話を聞かないふわふわした茅乃、真面目で口うるさい青子。ただのクラスメイトとして出会ったなら、それほど仲良くならなかったかもしれない。けれど玄也は一つの責任を分け合った体験から、彼らに対してある種の仲間意識を持っていた。

そうだ。自分に誘いが来たということは、確実に同じメッセージを卓馬も受け取ったはずだ。二階へ上がり、スマホをつかむ。結婚式の二次会の受付を引き受けて以来、動きのなかった卓馬とのアプリ上のやりとりの画面を表示する。

【青さんから連絡来た？】

短いメッセージを送ると、ちょうど昼休みだったのか、五分も経たずに卓馬から返信が届いた。

【来た来た。かやのんと稽古に行ってるって話だよね。俺は次の日曜に行くつもり〜】

かやのん、は部活内の茅乃の愛称だ。青子と茅乃はお互いを呼び捨てにしていたけれど、男子が女子の名前を呼び捨てにするのは妙に生々しく、かやのん、青さん、と少しいじって呼んでいた。二人についてなにか知っているか、と聞くよりも先に、卓馬は重ねてメッセージを送ってきた。

【かやのんが癌になって、年明けに手術したらしい。リハビリに付き合いたいんだけど、遠藤師範がどこの道場で指導してるか知ってるか、って青さんに聞かれた。俺、今でも何人か道場会員の先輩たちとやりとりしてるからさ】

なんだそれは、と頭が殴られたような衝撃があった。茅乃が癌？　まだ三十代の初めなのに？　自分たちの同級生が、癌？　玄也の混乱をよそに、卓馬の投稿は続いた。

【稽古の帰りに、かやのんにおいしいもんでも奢《おご》って、お疲れ会しようぜー】

お疲れ会。自分の状況とはかけ離れたのどかな字面に目が吸い寄せられる。行けるだろうか。いや……無理だろう。でも癌だなんて。よくわからないけれど、辛い病気だということはわかる。自分が会ったって、なにもしてあげられないこともわかる。それでも。

長いためらいを経て、玄也は卓馬に、了解、というセリフ付きの両腕で丸を作ったクマのスタンプを送信した。そして青子には、日曜に卓馬と一緒に道場を訪ねる旨を伝えた。

「俺の道着、どこにしまってあるかわかる？　次の日曜に、大学の同期と紀尾井町の道場に行ってくる」

夕方、帰宅した母親に相談すると、彼女は両手に提げたスーパーの袋をその場に落とし、えっ、えっ、ええええっ、と素《す》っ頓狂《とんきょう》な悲鳴を上げて、いきなり抱きしめてきた。とっさに振り払おうとしたものの、横倒しになったビニール袋から食品トレイに入った鶏のもも肉と殻付きの海老がこぼれ出ているのを見つけ、仕方なく玄也は体の力を抜いた。

日曜は、晴れた。まだ青味の薄い空に、散り残った桜が白い花びらをこぼしている。

道着を入れたショルダーバッグを背負い、玄也は一時間ほど余裕を持って家を出た。服装はあれこれ考えるのが面倒になって、結局黒のデニムに同色のTシャツというもっとも無難な組み合わせを選んだ。洒落っ気があるとは言えないが、学生の頃も黒や紺の服ばかり着ていたので、あの三人はなんとも思わないだろう。伸びていた髪は、風呂場で母親に切ってもらった。

大げさに玄関の外まで見送りにきた両親の視線を振り切り、勢いをつけてうららかな春の町を歩き出す。ベビーカーを押した同年代の父親、自転車に乗ったばあさん、ひとかたまりになって歩く小学生たち。近所の住民とすれ違うたび、肌がピリピリする。誰かが自分を知っているのではないか。最近見なかったけど、と声をかけてくるのではないか。緊張で、ひどく肩が凝った。

地元の駅を出たら、少し呼吸が楽になった。一両に十人も乗っていない広々とした車内で一息つき、座席の端に腰を下ろして背負ったバッグを胸に抱える。

なにをしているの、ともしも誰かに聞かれたら、これから大学の同級生と合気道の稽古をするんだ、と答えられる。誰かが自分を待っている。わかりやすく、説明できる。

わかりやすく説明できないことばかりだった。どうして会社を辞めたんだ、どうして部屋から出ないんだ。言葉を変えて、口調を変えて、一体何度問われたことだろう。両親だけではない。困り果てた彼らに呼ばれた親族、父親の知人だとかいう説教臭いカウンセラー、キャリアで躓《つまず》いた社会人を支援しているというよくわからない団体のスタッフ。どうしてこうなった。どうして改善しない。扉越しに問われるたび、玄也の混乱は増した。

どうして、と訊きたいのは自分の方だ。少なくとも大学に通い、講義を受け、部活に精を出していた頃、玄也は外に出たくない、などと一度も感じたことはなかった。むしろ休日に部屋にいるのが苦痛なタイプで、暇さえあれば海辺へ出かけ、堤防から釣り糸を垂らしていた。釣り仲間も、飲み仲間も、それなりにいた。

玄也は海にほど近い場所にオフィスを構える法人向けのソフトウェア開発会社で、エンジニアをしていた。ようやく仕事に慣れつつあった二十代の半ば、直属の上司が、業界の大手企業からの転職者になった。一回り年上の、とても仕事の出来る優秀な人物だった。直感的でわかりやすい、顧客の心をとらえるアイディアを次々に提案し、彼の仕事は内外問わず高く評価された。

その上司に、玄也は嫌われた。提案はことごとく却下され、想像力がない、学ぶ姿勢がない、と容赦なく批判された。残業をし、社外の勉強会に出席し、一つの案件に複数のプランを用意した。それでもだめだった。社内で一目置かれる彼からの当たりが強いことで、会社での居心地は悪くなり、最後にはデータ入力のアルバイトスタッフまで、玄也を見下してしゃべるようになった。疲れが溜まり、うまく眠れず、起きていても寝ていても妙な耳鳴りがした。

そしてとうとうある日、どうしても玄関から動けなくなった。会社を辞めてしばらく療養し、ずっとこうしているわけにもいかない、と何回かアルバイトをしたものの、人前で仕事をすることにひどいプレッシャーを感じるようになり、再び体調を崩して辞めてしまった。

どうして、という問いには、無能だったから、という答えが一番相応《ふさわ》しい気がしている。社会で堂々と生きていけるほど、有能じゃなかった。嫌われた。迷惑がられた。もともと口が上手いわけでも気が利くわけでもない。容姿だってもさっとしていて、けっして人に好かれるタイプではない。就職するまで露見しなかっただけで、自分は根本的に、社会から排斥《はいせき》される弱さや醜さを持っていたんだ。そう考え始めたら、こんな恐ろしい社会を平然と歩いていく、あらゆる人々に引け目を感じるようになった。

目の前が暗い。車窓を流れる町の景色は色彩であふれている。光が降り注ぎ、桜だって舞っているのに。玄也にとってそれらの景色は、テレビや映画の世界よりもさらに現実感がなかった。まばたきを刻む。不信で塗り潰される。真っ黒な、氷の冷たさを持つ拒絶の壁。それが、玄也の実感する世界だった。

予定よりも早く麴町《こうじまち》駅に着いてしまったため、駅の近くのカフェに入った。ホットコーヒーを注文し、唯一空いていた窓際のカウンター席に座る。卓馬と待ち合わせている地上出口に目を配りつつ、道行く人々を漫然と眺めた。オフィス街なだけあって、休日だというのにスーツやオフィスファッションの通行人が多い。右隣の席の女性はノートパソコンを開いて文章を打ち込んでいる。左隣はゼミ論がどうこうと話し合っている大学生のカップル。背後からは打ち合わせらしく丁寧な口調で話し合う複数の男性の声。町中にいると、視覚的にも聴覚的にも、まるで川のように情報が流れ込んでくる。そしてこの場にいる誰もが忙しそうだ。この世には基本的に、用事のある人間しかいないのか。

マグカップのコーヒーが半分ほどなくなった頃、地上出口から見覚えのある丸っこい背中が出てきた。鮮やかなブルーのパーカーにカーキのチノパンを合わせ、スポーツメーカーのボストンバッグを肩に引っかけた大柄な男。相変わらずはねまくっているぼさぼさのくせ毛。卓馬だ。結婚して、心なしかふっくらしたようだ。

待ち合わせの時間より、五分ほど早い。卓馬は出口付近で立ち止まり、きょろきょろと周囲を見回して、パーカーのポケットからスマホを取り出した。その姿を見ながら、玄也もスマホに指を滑らせる。

【今、目の前のカフェにいる】

送信して数秒も経たないうちに、メッセージを確認したのだろう卓馬がこちらを向いた。

黒目がちな目が見開かれ、笑い出す寸前みたいに顔がほころぶ。しかし卓馬は急に真面目くさった顔を作ると、一歩こちらに踏み出した。膝を曲げて重心を前方の足に移し、背後に残った足は軽く伸ばす。両手を木刀を握る時と同じ位置に配し、手のひらをぴんと張って、合気道の立ち技の基本の構えである右半身の姿勢を作った。

こんな、オフィス街のど真ん中で。

玄也は懐かしい悪ふざけに顔が緩むのを感じた。馬鹿だ、馬鹿がいるぞ。道行く人が、なんだこの変なポーズの人は、と怪訝《けげん》そうに卓馬を振り返っている。大学生の頃ならともかく、三十を超えてあいつはなにをやっているのだろう。しかしここは、なんとしてものってやらないといけない。玄也もまた表情を引き締め、席に着いたまま手だけで半身の構えを作る。

ガラス越しに真顔で見つめ合うこと十秒、卓馬は小鼻を膨らませてぶふっと噴き出し、笑顔でカフェに入ってきた。

「いやあ、ゲンゲンお待たせえ」

「勘弁してよ主将、俺らもう三十一だよ」

玄也はコーヒーを飲み干し、卓馬と連れだってカフェを出た。道場への道すがら、自然と話題は今日のきっかけとなった茅乃へ向かった。

「乳癌だったって」

にゅうがん、とオウム返しにして、玄也は言葉を失った。乳癌って、時々芸能人が亡くなるやつじゃないか。めちゃくちゃ痩せて、苦しそうに、聖人みたいに笑って。

「大丈夫なの？」

「さあ……リハビリするってことは、手術後の療養はある程度済んで、体を動かしても良い段階に入ったってことじゃないかな」

「そうか……じゃあそんなに、なんだっけ、ステージ？　とかは進んでなくて、軽い手術で済んだのか」

「ううん、わからんけど」

「うーん……」

癌は再発する、と聞いた覚えもある。結局茅乃は大丈夫なのか、そうじゃないのか、癌を患った知人が身近にいない玄也にはよくわからない。卓馬も眉をひそめたまま、再びううん、と短くうなった。

「この先どうなるかなんて、青さんも、もしかしたらかやのん自身も、わからないんじゃないかな。……だから、呼んでもらえて良かったよな」

「……そういうもん？」

「そういうもん、そういうもん」

茅乃が亡くなってしまう可能性を踏まえて、今のうちに会う機会を作ってもらえて良かった、と言っているのだろうか。なんかそれってすごく悲観的じゃないか？　いまいち旧友の発言にピンとこないまま、玄也は卓馬に続いて雑居ビルのエレベーターに乗り込んだ。

紀尾井町道場は大学生の頃に幾度か訪ねたことがある。受付と更衣室が三階、道場は四階だ。エレベーターを降りてすぐ、左側の自販機コーナーに見知った二人組を見つけた。

「かやのん、青さん」

「おおーゲンゲン！　卓ちゃんも」

森崎、日野原《ひのはら》、と黒糸で名前の縫い取られた道着姿の二人は、表情をぱっと輝かせて近づいてきた。それぞれ手にお茶のペットボトルを持っている。もう道場に向かうつもりだったのだろう。足元は裸足にスリッパ、顔に化粧っ気はなかった。技をかけあう際、道着や畳をファンデーションなどで汚さないよう、女子は稽古の際はすっぴんになることが多い。

茅乃は元気そうだった。痩せ型なのは昔からだし、顔色は明るく、目の動きも潑剌《はつらつ》としている。卓馬の結婚式の時は背中を覆う長さだったロングヘアを、耳が出るほど短くカットしたのが、変化といえば変化だろうか。青子は相変わらず運動の得意そうなしっかりとした体つきで、落ち着いた笑い方をしている。

やあやあ久しぶり、と卓馬が手刀を切りながら戯《おど》けた挨拶をする。女子二人はケラケラと笑った。

「先に道場に行ってるね」

「はーい」

連れ立ってエレベーター横の階段へ向かう彼女らの背中を見送った。道場の利用者でビルのエレベーターを占拠してしまわないよう、道着を着たら階段を使うことが推奨されている。

「思ったより元気そうでよかった」

口に出すと、卓馬も「うんそうね」と頷いた。

大きめの水槽が傍らに置かれた受付で、大学生ではなく、社会人として改めて会員登録を済ませた。稽古料を払い、更衣室で道着に着替え、ほぼ十年ぶりに黒帯を締める。大学の四年間を部活漬けにしたかいがあって、玄也も卓馬も茅乃も、みんな黒帯を所持している。すでに技の記憶もおぼろな、だいぶ頼りない黒帯だけど。

「もう俺の帯、黒じゃなくてグレーだわ。限りなく白帯に近いグレー」

「俺も俺も」

卓馬の軽口に相づちを打って階段を上った。

三十畳敷きの道場には二十数人の道場会員が集まっていた。下は小学生から、上は六、七十代まで幅広い。子供たちは白茶黒ではなく、赤やオレンジなど子供向けの段位に準じたカラフルな帯を締めている。隅の方で談笑していた青子と茅乃に合流し、ストレッチをした。ずっと運動不足だった玄也の膝は、少し伸ばしただけでぱきぱきと心もとない音を立てた。

他の三人の体の動かし方を見ながら、面白いな、と玄也は思う。体のねじり方、伸ばし方、屈伸のリズム。彼らのふとした動作の端々に見覚えがある。きっとそうした癖のようなものは、十年経っても変わらないのだろう。

整列、と鋭い声が飛び、全員が安全祈願の神棚が設置された壁に向かって、列を作って正座する。まもなく道着に袴を着けた体格のいい師範が入場し、稽古が始まった。座ったまま膝で畳を進む膝行《しっこう》や、重心を乗せた片足をすべらせて進む斜行動作《しゃこうどうさ》など、基本の動きを練習する。

受け身の練習をする番になった。玄也は、視界の端で動作を行っている茅乃が空中で一回転して勢いよく畳を叩くような激しい受け身は行わず、その時だけ動作を前転に切り替えているのに気付いた。繰り出された技の威力を真っ正面から受け止めるのではなく、うまく回転したり、畳を叩いたりして衝撃を体外に逃さなければならないため、受け身には相応の体力と技術が要る。本調子でない時に無理に高難度の受け身をとるのは怪我のもとだ。茅乃はもちろんそれを知っていて、控えているのだろう。稽古は自分の状態に合わせて行うのが当たり前なので、それを気にする会員はいない。

短い髪を揺らし、くるん、くるん、と茅乃はリズムよく回り続ける。

基本の練習が終わり、技をかけあう時間になった。師範が道場歴の長い黒帯会員を指名して受け身をとらせ、全員の前で解説を行いながら技の手本を見せる。会員は二人一組で道場に散らばり、巡回する師範から指導を受けつつ、教わった技を練習する。

玄也はそばにいた茅乃と組んだ。横を見れば、卓馬は青子と組んでいる。全員ブランクの長いぼんやりグレーな黒帯なので、見ず知らずの白帯や茶帯会員に頼りにされても対応できない、と守りに入ったのだろう。笑いを噛《か》み殺して茅乃と向き合い、お願いします、と頭を下げた。

まずは自分が受け身をとることにして、玄也はエイッ、と掛け声を上げて茅乃の手首をつかんだ。力を込めて、真っ直ぐに押す。百七十センチに少し届かない玄也より、茅乃は十センチほど身長が低い。しかし玄也が強く押しても、正確な構えを作った彼女の体はぴくりとも動かない。かけた力は彼女の体を通り抜け、すべて畳に流れているのだ。

覚えのある感覚に懐かしさが湧いた。肉づきの薄い茅乃の腕は皮膚《ひふ》が頼りない感じに柔らかく、強く握ってもあまり確かな手応えが返らない。この人は十年ものあいだ、自分の知らない時間を、この肉体で生きてきたんだなあと思う。

表情を引き締めた茅乃は押される力を数秒受け止め、ふっと体の軸をずらしてその場で回転した。前につんのめる玄也の手首をつかみ返し、自分の腕に押し付けながら重心を移動させ、受け手の肩関節を極《き》める。体を大きく仰《の》け反《ぞ》らされ、ぴくりとも動かせないほど腕をロックされた玄也は少し焦った。姿勢を支える膝がぶるぶると震える。

ああ、茅乃の技は、えぐいんだった。非力だからこそ、決して力任せにならず、丁寧かつ確かな動作で容赦なく関節を攻めてくる。同期の誰よりも技をかけるのがうまかった。だから彼女は副将だった。技は大味だけど、明るいムード作りと揉め事の仲裁が得意な卓馬。にこにこと微笑みながら、とんでもなく精緻《せいち》でえげつない技を繰り出す茅乃。トップ二人はお互いの得手不得手を補い合う、いい組み合わせだった。

「ゲンゲン体かたーい。倒れるよ？　もうちょっと深く、ぎゅっと入れたいんだけど」

「いやもう無理です腹筋ぷるっぷるいってんもん……お手柔らかに」

「もー」

不満げに口をとがらせ、茅乃は玄也の体を脳天から畳に叩きつけた。玄也は辛うじて畳を叩いて受け身をとる。最後に玄也の顔面に手刀を落とし、ドSな副将は技を終了した。

続いて、玄也が技をかける側に回る。やはり茅乃は体が本調子でないらしく、受け身は玄也に背を支えられながら、ころんと転がるようにして行った。

「大丈夫なの？」

「うん、大丈夫。しばらく入院してた時期があってさ。足腰が萎《な》えたから、無理しないってだけ」

「ゆっくりやろう。休憩したくなったら言って」

技のかけ手と受け手を交代し、もくもくと練習を繰り返す。再び合図がかかり、師範が次の技の手本を見せた。今度は卓馬と組んだ。彼は大きなパンケーキのようにふくふくと厚みのある柔らかい手をしている。その次は青子。手首から肘までの太さがあまり変わらない、直線的でしなやかな腕。

「ゲンゲン硬いよー」

「手首、力抜いて。痛めちゃう」

自分ではわからないけれど、きっと俺の腕は硬いんだろう、と玄也は思う。途中、卓馬とペアになっていた茅乃が休憩すると言って、師範に一声かけてその場を抜けた。道場の端に正座して、頑張って、とばかりにひらひらと手を揺らしてくる。そこからは、三人で順番に技をかけ合った。

一時間ほどで、道着がぐっしょりと湿るほど大量の汗を掻いた。

「おお、来たなあ、お前ら」

そばに来た師範が悪戯《いたずら》っぽく笑う。大学在学中から世話になっている遠藤師範だ。前は髪が真っ黒だったのに、白髪交じりのごま塩頭になっている。

「安堂、腰が入っておらん。あと、ちと体が硬い」

師範は玄也の腰をつかんで重心を下げさせた。膝への負荷がぐぐっと増す。押忍、と玄也はうめき、よろめくのをこらえた。


道場の受付の横には、幅が一メートル近くありそうな大きめの水槽が設置されている。こんなもの前はなかった気がする。水槽内に、魚の姿はない。底に敷かれた砂利《じゃり》の上に、丸っこい壺だったり貝殻だったりがいくつも配置されている。

なんだこれ、と眺めていたら、壺の中から深い緋色の生き物がにゅるりと出てきて驚いた。タコだ。タコが三匹、飼われている。

「師範の誰かの趣味かな」

「え、なにが？」

そばのベンチでスポーツ飲料をあおっていた卓馬が顔を上げる。玄也は手にしたコーラ缶のプルタブを起こし、タコだよタコ、と目線で示した。

青子と茅乃が帰り支度を終えるのを待つ間、他の一般会員たちからたびたび声をかけられた。遠藤師範が指導してた大学の人たちでしょう。一緒に稽古したの覚えてる？　見覚えあると思ったら、昇段審査で会ったよね。あれ、野中《のなか》師範が主催した麻雀大会にいた？　そうした雑談の誘いを、玄也はタコに集中しているふりをして受け流し、ほとんど卓馬に丸投げした。正直なところ、長く一人の環境にいたため、たった一日でたくさんの人間に会った刺激に対応しきれず、精神が疲れ切っていた。人付き合いに長《た》けた卓馬は、相手を覚えていても覚えていなくても、うまく調子を合わせている。

タコが、八本の腕をくねらせて貝殻をつかむ。まるで帽子のように頭に被《かぶ》り始めて、かわいい。

それで、自分は今日、なんのためにここへ来たのだろう。大病をしたという茅乃が心配になり、顔を見るために来た。まだ本調子ではなさそうだけど、思ったより元気そうで良かった。稽古自体も、久しぶりに汗を流せて爽快だった。ただ、わかってはいたけれど、消耗が激しい。

来週は、どうしよう。

一つ思ったのは、もしも自分や卓馬が来なくなって、青子が一人で茅乃をサポートしながら稽古に参加し続けるのは、ちょっと大変かもしれない、ということだった。特に技をかけるときは、茅乃に無理をさせないよう配慮がいる。茅乃を気遣えるのはやはり彼女の大病を知っている人間で、そう考えたら、なるべく来た方がいい気もする。――でも、どうだろう。

自分の生活もまともに組み立てられていないのに、誰かをサポートしようだなんて無茶じゃないか？　師範はどうやら茅乃の体調不良を知っているようだったし、激しい受け身は取れない、と一言伝えれば、その日初めて会った一般会員でも配慮はしてくれるだろう。考えすぎ、ただのいらないお節介だろうか。

　漫然と悩んでいると、着替えを終えた二人がやってきた。稽古そのものや、十年前と比べて少し手順が変わったように感じる技について語り合いつつ、ぶらぶらと歩いて近くの和風居酒屋に入る。唐揚げやピザ、じゃこサラダにだし巻き卵など、適当に好きなものを注文し、ビールで乾杯した。稽古のあとなので、炭酸がおいしい。茅乃は酒を控えているらしく、アセロラジュースを選んでいた。

「かやのん、大変だったねー」

しみじみと卓馬が切り出すと、茅乃はあざっす、とやたら体育会系っぽい感じで手刀を切りながら頭を下げた。少し照れているようだった。

「びっくりしたよ。まさかって感じだったもん。でも、ちゃんとぜんぶ悪い部分はとれたんだ」

　元気そうで安心した、と玄也も口にする。茅乃は自分が注文したしらすのピザを頬ばり、にこにこと嬉しそうに頷いた。

「ありがとー。私も久しぶりにみんなと稽古出来て嬉しかった。もうちょっと体力が戻ったら、激しめの受け身もちゃんととりたいな」

無理するなよー、怪我したら元も子もない、と苦笑混じりの合いの手が入る。それから、茅乃の既に病気休職を終えて勤め先のイベント企画会社に復帰したという話を皮切りに、近況を報告する流れになった。税理士の卓馬は最近あった顧客との面白いやりとりを披露し、青子は勤め先の学習塾の塾長と折り合いが悪い旨を愚痴った。

「それで、ゲンゲンは？」

さらりと水を向けられ、玄也はほんの一瞬、言葉に詰まった。嘘をつく、つかない、誤魔化す、正直に言う。様々な選択肢が花火のごとく頭で弾ける。なるべく平然と、軽い口調になるよう努めて言った。

「いや、実はちょっと前から体調崩してて、今は実家にいるんだ」

嘘をつく気力はなかったし、ありのままをさらけ出すほどの踏ん切りもつかなかった。あくまで状態にしぼって告げたところ、えーっと三人は驚いた声を上げた。

「え、ちょっと、私よりむしろゲンゲンの方が大丈夫なの？」

「いや、大丈夫。大丈夫なんだ」

説明しにくいことだと、態度で伝わったのだろう。茅乃は口をつぐみ、それ以上追求しなかった。

二杯目のビールで目元を少し赤くした青子が、ぽつりと言った。

「私も、ちょっと前までそうだったー。色々あって具合悪くなって、二年くらい実家に帰ってた」

これには玄也の方が驚いた。いかにも、しっかりしている、頼りになる、と社会に重宝されそうな青子が、実家に戻る？　行き詰まる姿が想像できない。

「え、マジ？」

「マジ、マジ。ただ、帰ったはいいものの、ほら、大人になると価値観も変わって、親と意見が合わなくなるじゃん。結局は大喧嘩して、また出ちゃった」

「みんな、大人になると色々あるよね」

しっとりとした苦笑いを浮かべる茅乃は、恐らく青子に起こった「色々」を知っているのだろう。そしてそれは自分が部屋から出られなくなった経緯と同じく、そう簡単に説明できるものではないのだ、きっと。

テーブルに、青子の苦痛がのせられている、と玄也は感じた。経緯も原因もわからない、ただ、苦しかった、もしかしたら現在も苦しい、という状態が。

「……具合が悪くて実家に戻ったのに、助けてもらいたかった親と喧嘩になったんじゃ、それは、めちゃくちゃ辛かっただろうね」

少なくとも自分は、両親に申し訳なさを感じることはあっても、彼らに拒まれたと感じることは滅多にない。ただ、もしも自尊心が弱っているときに喧嘩腰になられたら、耐えられないだろう。

慎重に、心にそぐう言葉を探して口にする。青子は大きく目を見開き、なにも言わずにうつむくと、小さく一度、頷いた。

酔い覚ましがてらJRの駅まで歩くという女子たちと別れ、玄也と卓馬は地下鉄の駅へ向かった。駅構内へと続く階段を下りていく。

「青さん、泣くかと思って超びびった。あんなの見たことない」

卓馬がぼんやりと呟《つぶや》く。玄也も、なあ、と相づちを打った。湿っぽい雰囲気になったことで、道場に行く前に話していたことがふっと頭をよぎった。

「良かったな、とりあえず元気そうで。かやのんがこの先どうなるかわからない、なんて、縁起悪い心配しないで済むだろう、これで」

不吉なことを口にするなよ、と多少咎《とが》めたい気持ちも込めて口にする。すると卓馬は面食らった様子で目を丸くした。

「へ、なにそれ。俺そんなこと言ってないべ」

「言ったよ。この先どうなるかわからないから、呼んでもらえて良かったとか」

「えー、それはそんな暗い意味じゃなくてー……ほら、わからないって、しんどいじゃん。かやのんが快復するのか、それともまだまだ大変なのか……かやのんだけじゃなく、青さんもゲンゲンも、色々あるんだろ？　それがこの先うまく行くのかどうなのかって、わからないから、心配でしんどい」

「まあ、うん」

その「しんどい」はいつになったら社会に復帰するんだ、と問われるたびに自分が感じる真っ暗な感覚と同じだろう。そんなのわからない。わからないから、とても辛い。卓馬は玄也の目を見返し、浅く顎《あご》を引いて頷いた。

「しんどいことだから、かやのんと青さんの二人だけじゃなく、四人で耐えた方がいいって思ったんだよ。やばいってときに機転が利くだろうし、誰かが辛くなったら交代もできる。二人じゃ周囲に目を配れなくても、四人ならなんらかのチャンスを見逃さずに済むかもしれない。そういう意味で、呼んでもらえて良かったって」

耐える、と口を動かし、玄也は奥歯を噛んだ。耐える。それぞれが抱えた問題を、理不尽を、不安を、人と分け合って耐える。

そんなこと、できるわけがない。学生の頃は確かに部内で起こる問題の大半を四人で共有し、対応策を話し合っていた。しかし今は、あの頃とは違う。違う、はずだ。

わかっているのに、口が勝手に動いていた。

「本当は、部屋に閉じこもってたんだ。この一年半。出られなくなって……元々の勤め先で、色々あったから……」

無能だったから嫌われた、と考えただけで、喉に巨大な石でも詰まったように言葉が出なくなった。わきに嫌な汗がにじむ。すると卓馬は、不思議そうに首を傾《かし》げた。

「出てるじゃん、部屋」

「……今日は、かなり頑張ったんだよ。かやのんの話を聞いて、さすがに心配になったから」

「ゲンゲンさ、実はめちゃくちゃ真面目で優しいよな。そういうとこいいよね」

「茶化すなよー」

「茶化してないよ。……部屋、出るのいやだ？　今でも」

正面から問われ、玄也は眉をひそめた。言葉に出来ない混乱と苦痛と羞恥の渦がぐっと目の前に迫り、薄い吐き気を感じる。

「今日みたいな懐かしいメンバーで会うのはともかく、外で責任を負ってバリバリ働くとかは、正直、もう、無理なんじゃないかって思うことがある。親には、ほんとに悪いけど……」

毎日毎日、出かける前に夕飯のメニューを聞いてくる母親には、申し訳なくて決して言えないことだった。

「か、かやのんが癌だって聞いたとき、俺がなれば良かったなーって悪いけど思った。闘病中ですってポジションになったら、別に就職しなくたって、家にこもってたって、サボってるって思われないだろう？」

「辛そうだなー。今のゲンゲンを見てサボってるなんて思う奴がいたら、そいつにドン引きするよ、俺。……ちなみに、ゲンゲンって一人っ子だっけ」

唐突な問いかけに、玄也はまばたきをした。

「……うん。一人」

「そっかー。実家に借金とかありそう？」

「いや、ローンは返し終わったはずだし、ないと思う」

「家どこだっけ。神奈川だよな」

「逗子。駅からはちょっと歩くけど」

「なんだ、いいとこじゃん。都内まで電車で一本だし」

「なに、なんなの？」

「俺、税金対策だけでなく、顧客の資産運用の相談にも乗ってるんだよ。最近多いんだ。自分らが亡くなったあと、家に引きこもっている息子や娘をどうすればいいんだろう、みたいな高齢者からの相談が。そういう依頼がきたら、資産を洗い出して、土地も家もうまく使って、引きこもっている当事者が平均寿命まで困らないで過ごせるよう、一緒にプランを考えるの。いくら工夫しても金が途中で尽きちゃうなってケースもあるけどさ。そうしたら今度は、なにがなんでも正社員になってください、じゃなくて、月にこのくらいバイトで稼いでくれたらこんな風になんとかなりますって、なるべく当事者に負荷の少ない切り抜け方を提案するわけ」

「……部屋を出ないで、親の金を使って生き延びろってこと？」

「そりゃゲンゲンが外に出て、自由に楽しくお金を稼げる状態を目指すに越したことはないよ。でも、万が一出られなくたって、それですべての手札が尽きるわけじゃないんだってこと」

玄也は啞然とした。

あの部屋は、社会から隔絶されていると思っていた。

でも社会には、自分のような境遇の人間が抱えた問題を解決できなかったとき、自業自得だ、と見捨てるのではなく、次の生存戦略を一緒に考えようとする発想が、あったのだ。

暗い部屋にひとかけら、シーグラスに似た隙間が空いて、そこから日差しで温まった海水がどぼどぼと流れ込む。まだ海と繋がっていた。海に拒まれていなかった。

最後にちらりと気になったのは、我ながらずいぶん小さなことだった。

「なんか、親が死んだあとまですねをかじり続けるの、かっこ悪くない？」

拗《す》ねたように言うと、卓馬はぶはっと噴き出した。

「んなこと言ったら俺だって、今の事務所入ったの親父のコネだもん。景気の良かった時代も、悪かった時代もあるんだから、いちいち気にしてたらキリがないよ」

「覚えておくよ。ありがとう」

「うん、そうして。――それじゃまた来週」

地下鉄の車両に乗り込み、卓馬はホームに残る玄也へ手を振った。玄也もつられたように、来週、と呟いて振り返した。


それから玄也は日曜の午後の稽古に参加し続けた。家を出やすい日、出にくい日、人に会いたい日、会いたくない日、様々だったけれど、調子が悪い時はあまり周囲と口をきかず、タコの水槽を眺めてやり過ごした。

両親は、これでもう息子は大丈夫だと肩の荷を下ろした様子だった。しかし玄也は、そう簡単に物事が進むとは思えなかった。依然として就業を意識した時の胸苦しさと忌避《きひ》感は強かったし、日曜を除く月曜から土曜はほとんど部屋を出なかった。週に一度、昔なじみと体を動かす習慣が出来ただけだ。

季節が秋に差しかかる頃、相変わらず他の会員との交流が億劫《おっくう》で水槽を眺めていた玄也は、いつも受付に入っている年配の事務員から声をかけられた。

「君いつもタコ見てるね。タコ、好きなの？」

「はあ」

タコが好き、というよりも、会話を発展させない口実としてのタコが便利で好き、なのだが、これだけ眺めているとだんだん愛着が湧きつつある。貝殻だの小石だので遊ぶ性質も、見ていて飽きない。ガラス越しに腕をくねらせ、玄也の指の動きを追いかけることもある。きっと、賢いのだろう。

「この子らは僕が海で釣ってきたんだけど、この子とこの子が、体の小さいこの子をいじめるんだ。もし良ければ、この子を連れて帰らない？」

え、と玄也は返事に詰まった。タコを、飼う？　自分が？　そんなこと、人生で一度も想像したことがなかった。

「いや、水槽とか、うちにないんで」

「飼いたかったら、安く一式を買える店を紹介するよ？」

「うーん……」

「まあ、無理にとは言わないから――ああどうも、こちらに名前の記入をお願いします」

事務員は笑って、受付カウンターにやってきた来客に対応する。

その日の夜、玄也はなかなか眠れなかった。いじめられているらしい小さなタコが、小石を丁寧に並べて遊んでいる姿が目に浮かぶ。そして、なぜかかつての職場の風景が思い出された。

新しくやってきた有能な上司。彼を取り巻く人々。そして、繰り返される自分への罵倒《ばとう》。気が利かず、納得される結果を出せない自分を、恥じた記憶。

ずっと、嫌われたのは自分のせいだと思っていた。周囲から無能扱いされ続けるうちに、いつしか自分でも、自分のことをそう思うようになった。あの場所で嫌われた自分は、きっとこの世界のあらゆる場所で嫌われるのだと思い、恐ろしかった。

でも、あれはもしかして、いじめだったんじゃないか。

俺の能力に関係なく、あの人は社内に自分の派閥を作るために、ちょうど良いサンドバッグとして、俺を使っていたんじゃないか。必要な会議に呼んでもらえなくなった。顧客の前で恥を掻かされた。アルバイトに悪口を吹き込まれた。悔しくて悲しくてたまらなかった。混乱と苦痛と羞恥の渦が少ししぼみ、今度はそこに怒りと悲しみが混ざる。良いのか悪いのか、わからない。ただ玄也はその夜、辛かった、と自分を宥《なだ》める心地で少し泣いた。そして、タコを引き取ることを決めた。

二週間後、卓馬に車を出してもらって道場にタコを引き取りに行き、帰りに近くの海岸で海水を汲《く》んだ。水槽をそれで満たし、砂利を敷いて、隠れやすい小さなツボを用意し、最後にお気に入りのシーグラスをいくつか放り込む。

「一体どういう風の吹き回しでタコなの」

休日を潰して付き合ってくれた卓馬は、さっぱりわからないとばかりに首をひねる。かわいいじゃないの、と玄也は肩をすくめた。

照明を反射して淡く光るシーグラスは、よく日の当たった春の海と同じ色合いをしている。偶然という隙間をこじ開け、小さなタコは玄也の部屋ににゅるりとすべり込んだ。海のかけらで、遊び始める。

蝶々ふわり

山頂へ向かうロープウェイの乗り場の前には、ざっと見ただけでも二百人近い人々の列が出来ていた。

「どうしようか」

森崎青子《もりさきあおこ》は呟《つぶや》き、隣に立つ茅乃《かやの》に目を向けた。友人は、ううん、と鈍く喉を鳴らし、ロープウェイ乗り場のそばに設置された案内板へ向かう。紺色のマキシ丈のスウェットワンピースに人気のボアブルゾンを重ねた背中が遠ざかる。ワインレッドのニット帽と同色のスニーカーが、後ろから見るとよく映えていて、綺麗だった。

案内板には現在地と山頂を結ぶロープウェイの他、幾度もカーブするハイキングコースのイラストが描かれていた。

「そんなに大変じゃなさそうだし、登っちゃおっかー。この感じなら二十分くらいで着きそう」

友人の曖昧《あいまい》な提案に、そうだねえ、と青子は相づちを打った。こんなに並んでいる客が多いのでは、ロープウェイの順番を待つより足を動かした方が早く山頂に着くかもしれない。幸い自分も茅乃も歩き回ることを想定した動きやすい格好をしている。かさばる荷物は駅のロッカーに預けたため、身も軽い。

自販機でお茶を買ってから人々の列を離れ、ロープウェイ乗り場の外れに位置するハイキングコースへ向かった。ところどころ陥没し、大小様々な石が埋まった歩きにくい道だが、勾配《こうばい》はそうきつくない。見れば犬の散歩や、幼児の手を引く家族連れの姿もある。

「無理しないでゆっくり行こう。辛くなったら言ってね」

茅乃は一昨年の秋に乳癌の手術をしている。左の乳房を摘出した影響でしばらく左腕が動かしにくくなり、体のバランスが崩れたのか、ひどい腰痛持ちになった。半年間の抗がん剤治療を終えた去年の春から、腕のリハビリと体力作りを兼ねて、学生時代に世話になった合気道の道場に週に一度のペースで通い始めた。おかげで体の不調はだいぶマシになったようだが、今でも青子は茅乃をいたわる習慣が抜けない。

「大丈夫。わんこも歩いてるくらいの道だし」

茅乃は先を進む柴犬のくるりと巻いた尾を指さし、テンポよく山を登り始めた。

年明けの稽古を終えた帰りの電車で、可憐な黄色い花を紙面いっぱいに咲かせた中吊り広告を見つけた。都内から特急を使って約二時間。埼玉県西部の長瀞町《ながとろまち》にある臘梅園《ろうばいえん》が、もうすぐ開花のシーズンを迎えると伝えるものだった。

いいねえ。行きたいねえ。あの辺りは温泉もあるんだよ。秩父のわらじカツ一回食べてみたかったんだ。そんな泡のような思いつきを言い合ううちにその気になった。二人とも弱っている時期だった。塾講師の仕事の合間に翻訳のアルバイトを始めた青子は多方面への気遣いが必要な状況に、治療と育児と仕事をジャグリングする茅乃は日常のすべてに、疲れ果てていた。美しいものを見て、おいしいものを食べて、温泉にでも入って一息つこう。つり革に辛うじて絡まったぼろ雑巾のような状態で約束し、二月の終わりにやっとお互いのスケジュールが調整できた。

二人ともぎりぎりまで生活に追われていたため、目当ての臘梅園が小さな山の上にあると、前日の夜まで気づかなかった。

「……ぜんぜん終わりが見えてこなーい」

曲がりくねった山道をいくら上っても砂利《じゃり》混じりの坂が続くばかりで、一向に山頂に至る気配はない。二十分くらいなんて甘い予測は、もう二十分前に裏切られていた。汗で湿ったデニムの生地が足に貼りついてうっとうしい。ちょっと休憩しよう、と青子は山道の端に無造作に並べられた切り株を指さした。多くの登山客が腰を下ろしたのだろう、木肌がなめらかなそれに座り、ぬるんだお茶を飲む。水分が入った分だけ、全身から汗が噴き出す気がした。いつのまにか、二人とも上着を脱いでいた。

茅乃はこめかみから首筋にかけてをハンカチでぬぐい、スマホの画面をタップして調べ物を始めた。五分も経たないうちに、うええ、と妙な声を上げる。

「この山、てっぺんまで全然二十分じゃない」

「えー。どのくらい？」

「目安が一時間。ゆっくり登って一時間半」

「結構な山登りじゃーん」

「ごめーん。ちゃんと確認すればよかったー」

「いいよーう。私も適当に歩き出しちゃったしー」

二人でいるといつもこんな感じなのだ。どこどこに行きたい、なになにをしよう、遠くに見えるあの建物まで歩こう。そんなお互いの思いつきに乗って過ごす脈絡のない休日は、なんだか呼吸が深くなるようで、青子にとって大切な時間だった。

四十分も坂を上ってきただけあって、少し山道から顔をそらすだけで近隣の町と、青っぽく染まった周囲の山々が見渡せた。見晴らしがよすぎて、少し下腹がむずつく。ベテランらしい登山服を着た一団が、熊よけの鈴を鳴らしながらそばを通り過ぎていく。

「はー……あっついねー……」

しみじみと深い息を吐き、茅乃はニット帽を外した。耳を綺麗に見せるこざっぱりとしたショートヘアが露《あら》わになる。続いて両側のこめかみで留め具を外すような軽い音を立て、そのショートヘアすらも、ずるりと頭から外した。

真横で思いがけない動作をされ、青子はうわっ、と悲鳴を上げた。

「なにしてんの！　って、もしかして地毛？　地毛なの？」

外した髪——栗色の医療用ウィッグを手にした茅乃の頭には、まるで猫の毛並みのように柔らかそうな三センチほどの黒髪が生えそろっていた。耳だけでなくおでこも、こめかみも、うなじも、なにもかも剝《む》き出しになる短さなので、散髪帰りの男子小学生を連想させる。茅乃は友人の驚く姿を楽しそうに眺め、手提げ鞄から大振りなゴールドのオーバルイヤリングを取り出した。よく光るそれを両耳に留めた途端、男子小学生がシャープなおしゃれさんに見え始めるから不思議だ。

頰に片手を添えてポーズを作り、茅乃はにこりと笑う。

「どうかな。変な感じある？」

「えー超いいよ！　ベリーショートもよく似合う」

「よかったー。いえーい地毛デビュー」

「あれ、外でウィッグとるの初めて？」

「うん。もっと伸びてからにしようかとも思ってたんだけど、暑くてかゆいからもういいや。風が気持ちいい。——後ろも念のため見て。変なとこない？」

「全然ないよ。かっこかわいい」

「よーし」

ウィッグを外し、茅乃は疲れを忘れたようだった。機嫌よく、心もち姿勢を前傾させて山道を上っていく。

抗がん剤治療の副作用で髪が抜ける可能性が高いことを、術後間もない茅乃は比較的冷静に受け止めているように、見えた。いいウィッグ買った、スーパーかわいい帽子も買った、いつでも来いって感じ、と脱毛に備えて買いそろえたアイテムの写真と一緒にメッセージアプリへ送られてきた元気な文章を、青子は今も覚えている。

しかし実際に髪を失い始めてしばらく経つと、茅乃は塞《ふさ》ぎ込むようになった。世間はクリスマスシーズンだった。菜緒《なお》ちゃんも連れて都内の大きなクリスマスツリーを見に行こうよ、とメッセージを送っても返事がなく、電話をかけたら「家から出たくないんだ」と言われた。デパ地下でミルクティー味のロールケーキの他、ステーキ弁当と子供向けのミニハンバーグ丼を買って、休みの日に茅乃の一家が暮らすマンションを訪ねた。気を遣ってくれたらしく、茅乃の夫は外出していた。

三人で昼食をとり、ケーキを食べた。当時五歳だった菜緒が劇場版プリキュアに集中している背中に目を向けたまま、「まつげが抜けちゃったよう」とソファに寝転んだ茅乃は力なく呟いた。彼女はリサ・ラーソンの猫が刺繍《ししゅう》されたニット帽を、縁がまぶたに届くほど深く被っていた。乳癌と診断されて以降、治療を決め、仕事を調整し、大きな手術を受け、子育てに心を砕き、ずっと前向きに振る舞ってきた友人の心身にひびが入っている。まつげの脱毛がよくない一押しになってしまった。そんな風に青子は感じた。

全然変じゃないよ、言われなきゃ気づかないよ。ありきたりな慰めを口にしかけて、やめる。

「……つけま、つけちゃう？　スーパー美しいつけまつげ、探す？」

でもたぶんそういう問題じゃないよなあ、と言いながら思った。茅乃はとてもシンプルに、自分のまつげが抜けたことを悲しんでいる。替えのあるなしの話ではなく、出来事そのものがショックなのだ。

十秒ほど沈黙が下りた。青子は、茅乃にそれ以上の返事を期待しなかった。しかし茅乃は、小さな声で「つーけま、つーけま、つけまつけーる」と一昔前の流行《はや》り歌を口ずさんだ。

「つーけるたいぷの、まほうだよー」

歌いながら、重たげに腕を浮かせてテーブルの上のスマホをつかみ、画面に指をすべらせた。

「……うわ、ちゃんとある」

見て、と差し出されたディスプレイには、ドラッグストアなどで売られている装飾目的の長いつけまつげとは趣旨の違う、抗がん剤治療や脱毛症などでまつげを失った人向けの、短めでまばらな「自然に見えるつけまつげ」の案内が表示されていた。こんな商品があるのか、と青子も思わず息を吐いた。

「色んな人が、色んなことを考えてきたんだねえ」

「ふふ、つけ眉毛もある。すごいね」

そのページをブックマークして、茅乃は口元に笑いを残したままソファで丸くなった。うたたねを始めた友人を横目に、青子は菜緒と並んでカーペットに座り、プリキュアの映画を最後まで観た。

結局それから、茅乃はつけまつげやつけ眉毛を買ったのだろうか。青子は知らない。今この瞬間、半歩先の山道を歩く友人の、柔らかに光る焦げ茶色のまつげと眉毛が本物か否か、確かめる気もない。

足が、重い。まるで石か鉄に変わったみたいに硬直している。それぞれの荷物の持ち手を強く握り、うつむきがちに坂を上る。倒れないよう小まめに休憩を取り、一時間半かけてやっと山頂へ辿《たど》り着いた。特に山頂の手前の細道は傾斜がきつく、上りきる頃にはすっかり息が切れていた。

「もうだめ、ソフトクリーム食べよう！」

ハイキングコースの出口の近くに設置された売店で青子はバニラを、茅乃はメロンのソフトクリームを購入し、そばのベンチに座って汗を流しながら食べた。二人の前を、ロープウェイで山頂に上がってきた人々のかたまりが歩いて行く。誰も汗なんてかいていない。なかには華奢《きゃしゃ》なパンプスを履いた人、赤ん坊を入れた抱っこひもを胸に装着した人、車椅子の人もいる。同じ山のてっぺんにいても、自分と彼らではまったく体感が違うのだろう。不思議な気分で、青子は彼らを見送った。

ソフトクリームを食べ終えて一息つき、青子たちは人の流れに乗って臘梅園へ向かった。もともとは、木材用の杉を伐採した跡地だったらしい。

緩い坂を上ると、広々とした斜面に出た。黒っぽい枝に飴細工に似た花を咲かせた臘梅の木が視界の端まで植えられている。臘梅の花びらの一枚一枚は半透明の琥珀色だが、日差しが当たると内部に光を溜め、全体が明るい黄色に輝くのがとても可憐だった。登山客は気に入った木の根元で思い思いに食事をしたり、写真を撮ったりしている。

「おばあちゃんちの庭に植えられててさ、子供の頃から好きだったなー」

茅乃は嬉しそうにあちこちで写真を撮っていた。風が吹くたび、ほんのりと涼気を含んだなめらかな香りに鼻先をくすぐられる。

「来て良かった」

口に出し、ふと、青子は胸にしみるような痛みを感じた。四年前に亡くした子供のことを思い出したからだ。まだ新生児だった。小さく産まれ、新生児集中治療室から出られなかった。病院に通う間は、いつか桜を見せてあげたいとばかり願っていた。保育器の仕切りだけでなく、目の前の景色のような、この世の美しいものをあの子に見せたかった。

そう、思っただけで悲しみがすうっと水位を上げ、体の内側をいっぱいに満たした。ぽつりぽつりと目尻から涙がこぼれ、目の前の花が頼りなく歪《ゆが》む。いつしか悲しみが、ちょっとしたお守りみたいになってしまった。それがあると落ち着く。油断するとぽかりと空いてしまう心の穴が満たされ、安定する。深呼吸をして、青子はシャツの袖でしずくをぬぐった。

帰りはロープウェイに乗って山のふもとへ下りた。足で登ると一時間半だったのに、帰りはたったの五分だ。長瀞駅へ戻ってロッカーに預けた荷物を引き取り、電車に三十分ほど揺られてたどり着いた秩父駅から、徒歩で西武秩父駅へ向かった。この辺りでは一番大きな駅で、駅舎のすぐ隣にフードコートや土産《みやげ》物屋が併設された複合型温泉施設がある。ここでゆっくり温泉に浸《つ》かり、夕飯を食べ、駅前のビジネスホテルに泊まるのが今日のプランだ。

賑やかな土産物屋を軽く眺め、わらじカツやしゃくしな漬け、みそポテトにホルモン焼きなど、いかにもビールに合いそうな料理の店が並ぶフードコートを通り過ぎる。すぐに飲みたい気分だが、まずは汗を流したい。

温泉エリアの暖簾《のれん》をくぐると、磨き込まれた広い廊下や、そこかしこにさげられた明るい提灯が目に入った。いかにも大型の温泉施設らしい華やかな気配が押し寄せ、テンションが上がる。下駄箱で靴を履き替えようとしたところで、青子は茅乃が入り口で足を止めているのに気づいた。

「どうしたの？」

よく見ると顔が少し強ばっている。彼女の横を、観光客らしい大きな鞄を提げた中年の男女が談笑しながらすり抜ける。更に背後には、大きな笑い声を上げる学生っぽい一団。心配になって近づくと、茅乃は手振りで施設から出ようとうながした。頷き、ひとまず二人で暖簾の手前まで引き返す。

「私……やっぱり、やめとく」

「え、マジですか」

事前のやりとりで茅乃は、温泉デビューをするために左胸の傷跡を隠せる入浴着を買った、と楽しみにしている様子だったのに。

「入浴着忘れちゃった？」

「持ってきたけど……」

「じゃあフロントで使えるか聞いてみようよ。オッケーなら、着て入ればいいじゃない」

んん、と小さなうなり声を上げ、茅乃は眉間にしわを寄せた。

「フロントの人がオッケーしてくれても……医療関係者や、身内に乳癌患者がいる人ならともかく、知らない人が見たら、なんであなた服着て温泉入ってるのよ、って感じじゃん。周りの人に怒られそうで、ちょっと怖い」

「怒られるまではないと思うけど……」

どうなのだろう、と青子は迷う。肌とほぼ同じ色の装飾のない入浴着なのだから、「なにか事情があって着ているんだな」とシンプルに配慮されるようにも思う。ただ、時にものすごく失礼な人や、早合点する人は世の中に確かにいる。乱暴な言葉を向けられる可能性は、ゼロではないのかもしれない。

「なにか言われたら、傷があるんでって説明するとか」

「そんな……聞かれたら誰かに説明しなきゃーなんて構えながら入るぐらいなら、入らない方がいいよ」

「うーん……」

山道でウィッグを外した茅乃がとても気持ちよさそうだったので、青子は、出来るなら温泉にも自由に入ってもらいたかった。今日ならなにか茅乃が困るような事態が浴場で起こっても、自分が手助けできる。

「いっそ、入浴着無しで入っちゃうとか。前をタオルで隠してさ。お湯に浸かっちゃえば、誰も気にしないよ」

茅乃は顎の辺りに力の入った硬い顔で、青子と、暖簾と、観光客で賑わう建物内を見回した。短く目をつむり、開き、はっきりと首を左右に振る。

青子はそっかあ、と力の抜ける気分で頷いた。

「わかったよ」

「あ、でも、せっかく来たんだし青子は温泉入ってきてよ。私は荷物置くついでにホテルでシャワー浴びてくるから、一時間後にフードコートで落ち合おう」

「了解。じゃあ行ってくるー」

ここで遠慮をしてもあまり意味がないし、かえって茅乃に気を遣わせるだろう。青子はひらりと片手を上げて暖簾をくぐった。

料金を支払い、タオルを借りて脱衣所へ入る。休日なだけあって客は多い。服を脱いで浴場に入ると、洗い場の八割近くが使用中だった。同年代らしき大柄な女性と、幼児をあやしながら体を洗う祖母らしき高齢女性の間の席に座り、髪を濡らしてシャンプーを泡立てる。

すぐに両隣がどんな体つきかなんてどうでもよくなった。きっと周りも同じだろう。恋人や伴侶でもない他人の裸に、わざわざ興味なんて持たない。やっぱり茅乃は気にしすぎなのだ。国民の二人に一人は癌になり、女性の十一人に一人は乳癌になる時代だ。なにも特殊なことじゃない。入浴着や傷跡を見たって、なにか事情があるんだなと思われるだけだろう。つらつらと考えながら露天風呂へ向かった。広々とした湯船に体を沈める。波立つ水面は、午後の空を映してほのかに青い。

茅乃も一緒に入れたら良かった。寝転び湯もつぼ湯も炭酸泉も素敵だ。山道で疲れた体がほどけていくような心地よさにため息を漏らし、青子は露天風呂を行き交うたくさんの女性の裸を眺めた。途中でサウナとジャグジー風呂に入り、全身をくまなく温めて脱衣所に戻る。

濡れた髪をレンタルしたタオルで拭きながら急に、雷にでも打たれたみたいに、わかった。

二人に一人が癌になるのに、女性の十一人に一人が乳癌になるのに。他にも、この世には治療に手術を必要とする無数の病があるのに。繁盛している温泉施設の内湯、露天風呂、サウナまで、ざっと五十人近い女性の裸を見て、青子はただ一人も、体に傷跡がある人を見つけることができなかった。この場にいない彼女たちが人目を避けているということすら、今日まで気づかなかった。

ひどい気分で暖簾をくぐって温泉エリアを出る。ほとんどの席が埋まったフードコートでは、鮮やかなミモザがプリントされたトレーナーに着替えた茅乃が、ビール片手にわらじカツを頬張っていた。

「酒、解禁したの？」

彼女の向かいの席に荷物を置いて聞く。

「うん、深酒はしないけど、こういう場所で軽くなら飲んじゃう」

「私も買ってくる」

みそポテトやしゃくしな餃子、みそ豚丼など、名物を中心に料理を購入し、二人でビールを飲んだ。青子はこれまで、不安が詰まった癌細胞の住処《すみか》、傷ができて痛かった場所、腰痛の引き金、今はどうにかなった部分という意味でしか、友人の乳房について考えてこなかったことに気づいた。そのひとかたまりの肉のあるなしは、私たちにどれくらいの影響を与えるのだろう。

ビールを飲む。先ほど登った山の話と、臘梅の話と、散歩をしていた犬たちの話をする。

熊よけの鈴の話と、熊に襲われたらどうしたらいいんだっけという話をする。途中からジョッキをお猪口《ちょこ》に持ち替えた。青子は茅乃に、彼女が失ったものについて、失ったと思うのか、思わないのかも含めて聞いてみたい気がした。でも、無神経で乱暴な問いかけにならない言葉の選び方がわからなかった。

失ったもののことばかり、考えていた時期が青子にはあった。娘のなぎさを亡くした直後の数ヶ月間はずっとそうだった。体を起こしているのが辛く、畳や床にもしょっちゅう寝そべっていた。薄暗くて重たいものに体を押し潰されているようで、息がうまくできなかった。なくした、ない、いない、もういない。そう呪いのように繰り返す閉塞した時間が終わったのは、自分の手がなぎさの感触を覚えていることに気づいたときだった。人工呼吸器に繋がれたなぎさの背中は熱く、すべやかで、素晴らしかった。自分はなくしたのではなく、あの素晴らしいものに二ヶ月も触れさせてもらったのだ。そして、なぎさがくれたその感触を、自分は生涯失わない。あるとないとが反転し、生きられるようになった。なぎさと一緒に生きていく。それがただの事実になった。実の母親にそれを話したら、気が触れたのだと嘆かれた。今は、口に出した自分の方が悪かった気がしている。

あるものとないものは似ている。そこに「ある」ものは、常に数パーセントの「ない」を存在の内に含んでいる。同じようにどんな「ない」にも、常に数パーセントの「ある」が混ざり込んでいる。青子はいつもそんなことを考えながら両親や、仕事の相手や、茅乃や、出産に関する展望の不一致で別れた夫のことを眺めていた。夫は昨年再婚したと共通の知人から聞いた。「ある」と「ない」のバランスがかすかに揺らぎ、それでも彼は青子の内部で「ない」にはならなかった。善悪すらつけられないなにかしらの欠片《かけら》があり続けた。彼が自分ではない人を愛し、なぎさではない子供を抱いても、まだ。

翌日は西武秩父駅周辺の店を散策してから帰ることにした。あっちに行ってみようか、といつも通りの思いつきで御花畑駅方面へ歩き出し、整然と石畳が並んだ広い通りへ入る。どうやら秩父神社の参道らしく、観光客向けに商品写真が印刷されたカラフルなのぼり旗や、本日のおすすめなどが書かれた自立式の看板がたくさん出されていて、賑やかな雰囲気だ。軒先にベンチが置かれた小さなパン屋でベーグルを買い、その斜め向かいの、創業大正五年と書かれた看板から迫力を感じる肉屋でメンチカツを買う。小道に入れば趣のあるカフェがあったり、蕎麦屋があったり、工芸品の店があったりと、飽きがこない。

あっちに行こう、こっちに行こうと歩き回り、気がつくと小道のずいぶん奥まった場所まで入り込んでいた。石畳の道へ戻ろうかと顔を見合わせてふと、道路の反対側を歩く地元民らしい女性が目に入った。サンダルをつっかけたスウェット姿で、スーパーの子供用のカゴみたいなものにシャンプーらしきボトルを入れて運んでいる。女性は白っぽい建物の二つ並んだ引き戸の右側の戸を開けて、するりと中に入った。

「え、なんだろうここ」

口に出してすぐ、二つの戸の上方に「男湯」「女湯」と扇形の看板が掛けられているのに気づいた。

「銭湯?」

「……だね。さっき、戸が開いたとき番台が見えたよ」

茅乃が言い終わるよりも先に今度は左側の戸が軽やかに開き「じゃ、また来るから! どーも、どーもねー」と番台に挨拶をするずんぐりした体つきの中年男性が出てきた。長袖のシャツに綿入りのベストを重ねたその男性は、店の前に停めてあった自転車に跨《また》がり軽快にその場を走り去る。さらに右側の戸が開き、今度は腰の曲がった老婦人が静かに出てきた。品のいいペイズリー柄のキャリーバッグ付き手押し車を使って、ゆっくりとスーパーの方向へ歩いて行く。

「地元の人が、ほんとにふらっと入る感じの銭湯だね」

物心ついてから銭湯と呼ばれる施設に縁がなかったため、青子は物珍しさを感じた。でも、それだけだった。だから、茅乃が心ここにあらずといった様子で右側の引き戸を見つめている姿に気づき、驚いた。

「私、ここ入りたい」

「えっ、なんでいきなり」

「ここのお風呂は、ただの生活の延長って感じだから、入りやすい気がする。……急にごめん。よければ青子はどこかのお店に入ってて。後からすぐ行く」

「いや、それなら私も入るよー。銭湯初めてだし、楽しそう」

どうせ気ままな旅行なのだ。予定外のことも楽しい。茅乃は少し笑って、手を繋いでくれた。少し緊張しつつ、二人で女湯の引き戸を開ける。すぐ左手に靴箱と番台があり、番台には笑顔の眩しい女性が座っていた。

「どうも、いらっしゃい」

「いいですか？　初めてなんですけど……二名で」

茅乃が指を二本立てる。女性はハイハイと頷いた。

「靴はそこに入れてね。料金はこれ」

そう言って料金表を指差す。

「すみません、タオルお借りできますか？」

「手ぬぐいでよければどうぞ」

靴を脱ぎ、目隠しの衝立《ついたて》の横を通って板張りの脱衣所に上がる。こぢんまりとした清潔感のある空間だ。マッサージチェア、扇風機、そばにドライヤーが置かれた鏡がそれぞれ一つずつ。金魚鉢の中でメダカが泳いでいたり、常連客のものらしき名前の書かれたシャンプーやリンスが並べて置いてあったりと庶民的な雰囲気で、百円を入れるロッカーの上に大きめの脱衣カゴが重ねられていた。ロッカーに貴重品をしまい、脱衣カゴを一つ借りて服を脱いだ。

先に裸になった青子は、茅乃の挙動を見守っていた。ノンワイヤーの柔らかそうなブラジャーとショーツだけの格好になった茅乃は、着替えを入れた帆布のリュックサックから薄いオレンジ色の入浴着を取り出した。数秒それを見つめ、番台を振り返る。しかし、男湯の方でなにか用事が出来たのか、先ほどの女性は席を外していた。

浴室内では先に女湯の引き戸をくぐった女性が一人、湯船に浸かっている。

「……いいやあ」

独り言のように言って、茅乃は入浴着をリュックに戻した。手早くブラジャーを外し、ショーツを脱いで、借りた手ぬぐいで前を覆う。彼女の左胸は平たく、中央から脇の下へ向けて細い傷跡があった。過去に一緒に温泉に入った際に見た彼女の胸とは確かに違う。そう青子は理解し、でも、だからどうと思うこともなかった。大きな手術も、その後の治療も、大変だっただろう。色々なものを抱えて今日まで過ごして本当にえらいな、と仰ぎ見るように思った。

浴場へ入る。正面には、清々《すがすが》しい富士山の絵が描かれていた。黄色いケロリンの洗面器を借りて、二人並んで洗い場に座った。始めから温泉に入らない可能性も想定していたのか、茅乃が持ってきていたトラベル用のリンスインシャンプーやボディソープを青子も使わせてもらった。茅乃は手ぬぐいを体から離し、ボディソープを泡立てて手のひらで体を洗っていく。浴槽の女性は特に二人に興味を向ける様子もなく、明るい光が入る磨《す》りガラスの窓を眺め、最後に軽くシャワーで体を流して静かに浴場を出て行った。

細かいタイル貼りの浴槽には、薄茶色の薬湯が張られていた。並んで肩まで浸かり、一息つく。

「やっと一緒にお風呂に入れた」

青子が目を覗いて笑いかけると、茅乃は多少のはにかみが混ざった顔で頷いた。銭湯って本当に富士山が描いてあるんだ、本物のケロリン初めて見た、とリラックスしてしゃべり、自然と会話が途絶えた、その一呼吸あと。

「乳房の再建はどうしますかって聞かれたんだよ。手術の、説明を受けたときに」

まるで雑談の続きのように茅乃は穏やかな声で切り出した。

「それで……いらないかなーって思ったんだ。この先、菜緒の他に子供を作る予定もないし、私はそれほど自分のおっぱいにこだわりがなかったから。生きていく過程で必要があって出来た傷なら、いいやって思った。——あと、うまく言えないけど、いい加減おっぱいから解放されたいみたいな気持ちもあった」

「解放？」

うん、と茅乃は下唇を少し突き出して頷いた。

「乳房再建を説明するパンフレットに色々書いてあったんだよ。再建を選んだ人たちの声を紹介するコーナーで、女性としての自信を取り戻せるとか、Tシャツや水着を着られるとか、子供と一緒にお風呂に入れるとか……いや、おっぱいなくても子供とお風呂は入っていいじゃん。Tシャツも水着も着ればいいと思う。自分のおっぱいが好きで、自分のために再建するならともかく、おっぱいがなきゃ女としてだめ、人に見せられるような状態じゃない、だからやる、みたいな雰囲気はやだなーって」

「そりゃそうだ」

「それで、この、おっぱいに良し悪しをつける感覚って授乳のときと同じなんだよ。たくさん出るおっぱいは良いおっぱいで、あまり出ないおっぱいは努力の足らないおっぱいで、お母さんもっと頑張って！　もっとマッサージしてもっと赤ちゃんに吸わせて！　みたいな。

私はそんなに母乳が出なかったし、菜緒も吸う力が弱くてなかなか必要量が飲めないし、もう……地獄だった」

授乳なんて単語を聞くのは久しぶりだ、と青子は思う。そしてほとんど自動的に、自分の体験を思い出した。予定日よりも二ヶ月も早い出産で、マッサージをしてもなかなか初乳が出なかった。辛うじて乳頭ににじんだ白い雫をスポイトで吸い上げ、新生児集中治療室に届けてもらった。なぎさに乳を吸ってもらえたのは亡くなる前の二週間程度で、それまではずっと一人で、夜中でも目覚ましを鳴らして三時間ごとに搾乳器を使っていた。

もっと吸ってもらいたかった。その先に地獄があったとしても、なぎさと一緒に立ち向かってみたかった。

——なんの意味もない、ただ悲しくなるだけの空想だ。やめておけばよかったと思うのに、ぐぐっと息苦しさが胸に膨らむ。茅乃の存在が遠ざかり、浴槽のタイルがぼやけて揺れる。

「だからこれ以上、自分のおっぱいについて良いとか悪いとか考えたくない、傷があって平べったくても百点だわって……青子？」

「ごめん、なんでもない、ほんと……」

悲しみが邪魔だ、と青子は思った。悲しみはこの世で唯一の味方のように寄り添ってくれることもあるけれど、今この瞬間はだめだ。世界と私を、隔ててしまう。

「青子ごめん。私、なにか無神経なこと言った？」

「本当に違うの。こっちの問題だから。茅乃はまったく言葉を選ぶ必要、ない。……ちょっと、一分待ってね。いま言おうとしてたこと、ぜったいに飲み込まないで」

深く息を吸い、ゆっくりと吐いた。薬湯の香りが鼻孔《びこう》に流れ込む。黄色いケロリンの洗面器を見る。浴槽のタイルを一枚ずつ目で追う。――今、目に映るもので悲しいものはなにもない。友達と、観光地でお風呂に入っている。いい時間だ。素敵な時間だ。それを確認して、涙は止まった。

「……よし、じゃあお願いします」

「そんな映画のカチンコ鳴らすみたいに言われても。なに言いかけたか忘れたよ」

「なんか、おっぱいが百点とかそういう」

「ああ……だから私は、今の体で百点なんだ。ただ、色んな人がいるし、自分と考え方の違う人とどう向き合っていくか、昨日はまだつかめてなかったから。今日、まずはここの銭湯に入れて良かった。付き合ってくれてありがとね」

「どういたしまして！」

元気よく返すと、茅乃は目尻にしわを刻んで笑った。

気がつけばすっかり茹《ゆ》だっていた。火照《ほて》って赤くなったお互いの体を笑いながら脱衣所に戻り、扇風機の風を浴びて服を着る。二人とは入れ違いに脱衣所で服を脱ぎ始めた親子連れの、小学生くらいの女の子が驚いた顔で茅乃の胸を見たけれど、茅乃は気にする様子もなく手ぬぐいで丁寧に肌の水気をぬぐい、ブラジャーを自分の体に回した。

銭湯を出ると、花の香りがする風が吹き抜けた。梅か、それとも臘梅だろうか。近くで咲いているらしい。

「さっき見かけたクラフトビールの店に行こうか」

「いいですねえ」

薄い風に撫《な》でられるたび、体が軽くなっていく。自分も茅乃も変わっていく。数年後は、人よりも蝶々に近い生き物になっているかもしれない。

石畳の通りに出た。茅乃の手を握り、最後の数歩をスキップして、青子はバルに入った。

温まるロボット

舐めたらラムネの味がしそうな淡い水色のベビー用タオルケットをダンボール箱に差し入れながら、花田《はなだ》卓馬《たくま》は混乱していた。昨日まで寝室の一角を占拠していた大量の品物——ガーゼ素材の肌着が、丸っこい飛行機の刺繍《ししゅう》が入ったスタイが、授乳用のケープが、寝返り防止クッションが、食べこぼしがすぐに拭き取れるプラスチック製のベビーチェアが、この部屋からなくなる。なくなるのだという。なぜ？　娘が一歳半まで中に収まっていたクタクタの抱っこ紐を箱に入れると思わず涙がこぼれた。自分の手が作り出している現象と、その原因、本当に様々な原因との因果関係がうまく認識できない。なにが起こった？　なにが起こっている。どうして俺は、あの子たちに会えない。

十代の自分なら、抜け殻みたいになって座り込んでいただろう。だがあいにく卓馬は社会の一員として働くことが板についた三十三歳で、自分の感情を横において目の前のタスクを黙々と片付けていくシステムが体の中にできあがっていた。とにかく、これらのかわいいものたちを箱に詰めて、遠いかなたの地へ送らなければならない。だってこの瞬間にも、我が子が必要としているものなのだから。彼らの汗を吸い、眠りを守り、食事を手助けする重要なものたち。思い当たるすべての品を詰め終え、卓馬は箱を強く抱きしめた。

ほのかな紙の香りと、糊《のり》かなにかの酸っぱい香りが鼻先をよぎる。自分は会いに行けないのに、このダンボール箱は子供らのところへ行ける。生まれて四ヶ月の息子・裕生《ゆうせい》も、触るかもしれない。もっとも杏奈《あんな》は、届いてすぐに赤ん坊に触らせるなんて迂闊《うかつ》なことはしないだろう。箱には除菌スプレーが吹きかけられ、二、三日は玄関に放置されるはずだ。配達時に付着したかもしれない新型のウイルスが、死ぬまで。

なんで箱は玄関に入れてもらえるのに、俺はだめなんだ。わからない。落ち着いた状態では一応わかったような気になることが、余裕がなくなるとわからなくなる。鼻をすすり、ビッと音を立てて布ガムテープを引っ張った。

裕生が生まれた三月のうちは、ほとんど毎晩ビデオ通話で杏奈や子供たちと話をしていた。四歳の娘の知晶《ちあき》は「パパいないとさみしいの」と泣いてくれたし、杏奈は満ちた月みたいにふっくらと輝く裕生の寝顔をカメラに近づけて見せてくれた。出産に伴う里帰りは、二月の半ばから三ヶ月の予定だった。

「裕生の保育園、知晶と同じところを押さえられるかわからないし、早めに戻って申請書類の準備しないと」

毎日の授乳で寝不足なのだろう、目の下にべったりと隈《くま》をつけた杏奈はそんな風に言っていた。

しかし四月、五月と世界中で新型のウイルスの感染が爆発し、都市によっては一日の死者数が千人に近づく異常事態が出来《しゅったい》した。日本の大都市もいつそんな状況になるかわからない。毎日発表される右肩上がりの感染者数を前に、国中が悲観的な空気に覆われた。輸出入が制限され、海外への渡航が禁止され、経済は大きく冷え込んだ。不要不急の外出と、都道府県をまたいだ移動の自粛が要請された。学校も幼稚園も保育園も休校となり、テレワークが推奨され、街からは人の気配が消えた。ほんの数ヶ月先の未来でなにが待っているのか、死者の山か、現状から一歩も進まないストレスフルな灰色の日々か、それともまるでパンデミックなんてなかったみたいな平和な夏が来るのか、誰にもわからなかった。

緊急事態宣言下で移動がままならず、杏奈と子供たちの帰宅のスケジュールは完全に宙に浮いた。子供を外に出してはいけないというプレッシャーに、杏奈はずいぶん追い詰められていた。近所の散歩は認められていたのだが、「子供を公園で遊ばせていたら急に見知らぬ人に『外に出てるんじゃねえよ！』と怒鳴られた」などといった、子供や若い母親を狙った嫌がらせの話はそこら中に転がっていた。

外で遊べないから夜に寝てくれない、ウイルスに対する不安で知晶が癇癪《かんしゃく》を起こしている、裕生の黄昏《たそがれ》泣きがひどい。ビデオ通話やメッセージアプリを通じて発される杏奈の訴えを受け止めながら、卓馬は卓馬で焦っていた。画面越しの裕生がどんどん大きくなっていく。こんなことなら、税理士である自分にとって確定申告のある三月がどれだけ忙しくても、緊急事態宣言が出される前に一日ぐらいゴリ押しで休みを取って会いに行けばよかった。実際に裕生の体を抱き、つむじの匂いを知り、皮膚の温度を実感するまで、あと何ヶ月待たなければならないのだろう。知晶に会えないことも辛かった。寝かしつけの際、知晶は短くて柔らかい腕を精一杯に伸ばして卓馬の首を抱こうとする。あの抱擁の、胸が締めつけられるか弱さ。子供の寝息の、焼き菓子みたいな匂い。

どれだけその場に駆けつけたくても、感染者数の多い東京から地方へ行くのはリスクが高かった。無症状でも感染している可能性がある病だ。万が一自分が感染していたら杏奈や子供たちだけでなく、ベーカリーカフェを営む杏奈の両親や店の利用者にも迷惑をかけることになる。「なるべくお父さんお母さんの力を借りて」「ぜんぶ完璧にできなくたって仕方がない」そんな言葉だけのなぐさめでは助けにならなかったのだろう。杏奈からの連絡の頻度は次第に低くなっていった。

仕事は、とにかく忙しかった。顧客からの融資や助成金に関する問い合わせが相次ぎ、卓馬はリモートワーク中でも週の半分は事務所に出勤していた。経営に関する相談も増え、なかには言葉を失うほど深刻なケースもあった。卓馬の担当先では古民家を改造した旅館が倒産してしまった。その旅館はオリンピックに向けて年明けに大浴場をリフォームしたばかりだった。

山積した書類仕事と格闘し、ふとリモートワークを終えた深夜に我に返ると、自分がまるで出口のない狭い部屋に閉じ込められているような息苦しさを感じた。未来が見えないこと、未来に良いことがあると信じられないことは、こんなにも辛い。

脳がぴりぴりと緊張して、眠れる気がしない。スマホでAVを何本か視聴し、風呂場へ向かった。柔らかく温かい気持ちで満たされて楽になりたいのだが、うまくいかない。三十代に入って急にマスターベーションが難しくなった。もうちょっと楽しいものだったはずなのに、思い通りにいかず失望したり、疲弊したりする確率が上がっている。

ああ、ふっくらと弾み、いい香りを放つ女性の体が欲しい。少し頰を押しつけさせてもらうだけで、自分の体にかかっているリミッターのようなものが外れて最後まで行ける予感がある。今日もだめだ。軽い痛みとだるさを感じ始めた性器から手を放し、頭と体を洗って風呂を出た。冷蔵庫からビールを取り出す。体重の増加が気になるが、外出できず、人にも会えない今は、酒しかストレスを晴らしてくれるものがない。入浴中にメッセージを受信したらしく、ランプを点滅させていたスマホを手に取る。メッセージの発信元は、花田杏奈。

『まさかと思うけど浮気してないよね？』

よく光る食卓用のナイフを突きつけられた気分で『してません』と丁寧に返し、スマホをテーブルに置く。


六月に、少し状況がよくなった。一日当たりの感染者数が減り始めたのだ。

それと同時に、帰省中の杏奈たちの状況にも変化があった。高校時代の友人が同じ市内で子育てしていることがわかり、朝夕の人の少ない時間帯にお互いの子供を連れて原っぱで遊ばせる習慣ができたという。遊ぶ前後の手洗いを徹底する、ボールやなわとびといったお互いの距離が取れる遊びを行うなど気をつけるべき点は多いが、それでも不安を話し合うことでとても楽になった、と杏奈は久しぶりに表情を和らげて語った。

知晶は新しい友だちの話と、オンラインで始めたらしい英会話とダンスのレッスンの話をよくする。覚えたばかりの英語の歌を教えてくれる。裕生は振るとシャカシャカ音が出るきりんのぬいぐるみの尻尾を嬉しそうにかじっている。三月と四月はなかなか裕生の体重が増えず、杏奈は気苦労が多かったらしいが、母乳の出をよくしてくれるマッサージの先生を見つけたとかで、今はもうつきたてのお餅みたいに肌がもっちりと張っている。感染予防を前提とした新しい暮らし方に、杏奈たちは適応しつつあるようだ。それは素直に喜ばしいのだけど、俺がいないことにみんな慣れすぎじゃない？

ともあれ厄介な疫病は収束に向かいつつある。流行を終わらせた、と宣言する国もあった。六月のうちはまだ様子を見た方がいいかもしれないが、七月には杏奈たちも戻ってきて、通常通りの暮らしが始まるだろう。

しかし七月に入って間もなく、再び都内の一日当たりの感染者数が上昇した。一部の区で際立って陽性率が跳ね上がっただの、休業要請が再検討されているだの、きな臭いニュースが飛び交い始めた。

ここからまた数ヶ月間の、不自由な自粛生活が始まる？　膝から崩れ落ちそうになる。すると、杏奈から久しぶりにビデオ通話の呼びかけがあった。

「東京に戻りたくない」

そう、真剣な目でこちらを見つめ、カメラの向こうの杏奈が言った。

「それは東京に戻ったら感染しそうで怖い、って意味で言ったのかな、奥さん」

パソコンに表示されたスクエアな三つのビデオ画面のうちの一つ、肩まで伸びたワンレンの黒髪をタオルドライしている森崎青子《もりさきあおこ》が口を開いた。彼女は外で顔を合わせるときはコンタクトをつけていることが多かったが、家では眼鏡で過ごしているらしい。クラシックな印象の黒のウェリントン眼鏡をかけていて、顔が心なしか小さく見える。

青子の落ち着いた問いかけに、卓馬は居たたまれない気分で目線を落とした。

「……よくわかんない。俺も、ずっと子供に会えてなかったからさ。急にカッとなっちゃって」

「うんうん」

「そんなのただの東京差別だ、対岸の火事みたいに思ってるんだろうって怒ってしまった」

「おお、東京差別。ツイッターのトレンドに入ってた」

青子とは別の画面から、軽い調子で話に入ってきたのは口の周りに無精ひげを生やした安堂玄也《あんどうげんや》だ。首回りの伸びた淡いグレーのTシャツを着て、手には焼酎の水割りが入ったグラスを持っている。

「奥さんは、差別だって言われてなんて返したの?」

残る一つのビデオ画面で頬杖をつき、やりとりを見守っていた日野原茅乃《ひのはらかやの》が口をはさんだ。子供の寝かしつけに手こずったらしく、二十二時開始予定だったビデオ通話越しの飲み会に彼女は三十分遅れて合流した。アルコール度数の低い果物のチューハイをちびちび飲み、時々重たげに首を回している。

　卓馬は慎重に、杏奈の顔を思い返した。

「えーと……そうじゃない、地方に住んでいたっていつ感染してもおかしくないし、むしろもう感染したかもしれないって思いながら暮らしている。それは都市部と変わらないって」

「ふんふん、それで？」

「……もう無理をしたくない、だったかな。それもなんか……え、俺が泣きたい気分で待ってるのに、一緒に暮らそうとすることを無理とか言った？　って、カチンと」

　ふは、と眉をひそめた苦々しい顔で青子が笑った。

「喧嘩したんだねえ、申し訳ないけどちょっと面白いわ。卓ちゃんあまり人と衝突しないのに、やっぱり夫婦だとそういうわけにもいかないいんだ」

「喧嘩っていうか、俺が一方的にワーワー言っただけ。そうしたら、お互いに少し落ち着いてから話そう、あとなんにせよ、しばらくは動けないから、用意しておいた赤ん坊用品をこっちに送って、って指示された」

「奥さんはクールだね。赤ちゃん用品、送ったの？」

「ずびずび泣きながら送ったわ。だってさ、寝返り防止クッションとか月齢的にそろそろ使わないと、いらなくなっちゃうもん。裕生に使ってもらいたくて用意したんだ。そのまま捨てることになったら悲しいだろ……」

湿っぽいことを口にした途端、胸の内側がぐずぐずと崩れて涙が出てきた。生まれたばかりの我が子にまだ一度も直《じか》に会えていない自分が、この瞬間にも宝石のような素晴らしい時間を取りこぼしている自分が、よりによって伴侶にその不幸を汲《く》んでもらえない自分が、世界で一番不幸な父親に思えてくる。

パソコンのスピーカーから「ありゃー」「飲みな飲みなー」と柔らかい声がかけられる。頷き、冷蔵庫から三本目のビールを持ってきた。

四人はかつて、同じ大学の合気道部の同期生だった。みんな卒業からたった十数年の間にずいぶん色々なことがあった。玄也は自分の部屋から出られなくなり、茅乃は大病をし、青子は子供を亡くした。でも今は、リモートとはいえとりあえず落ち着いて酒を飲めている。外出自粛が要請されていた時期も、「飲みたい」という誰かのメッセージをきっかけに、月に二、三度ほどのペースでビデオ通話を利用した飲み会を開いてきた。

「んんんー」

静かに飲んでいた茅乃が、首を左右に揺らして妙なうなり声をあげた。動きに合わせ、くりんくりんにカーブしたショートヘアが揺れる。数年前に乳癌の手術を受け、抗がん剤治療で一度すべて抜けてしまったという彼女の髪は、再び生えそろったら真っ直ぐからまるでパーマでもかけたような癖毛へと髪質が変化した。これはこれで雰囲気が柔らかくて素敵ですね、と卓馬は思う。

「なんかさ、わかるよー、わかるとも。私ももう、無理したくない。自粛生活に疲れた。というか、自粛で色々な余裕がなくなって、それまで見ないようにしてきた問題がぶわっと噴き出てきた感じ」

具体的には？　と玄也が促し、茅乃はまた不機嫌な猫みたいな声を出す。今度はずいぶん、間が空いた。

「……病気で自分の人生が変えられるのはいやだ、って思ってたのかな、結局。仕事も子育ても、前と同じかそれ以上にうまくやろうとして、それができずにヒステリックになってた。自粛期間中、子供が嘘をついたとか、なにかをごまかしたとか、小さなことにすごく怒ってたんだよね。そうしたら、おむつは外れてたのに、またおねしょするようになっちゃって……申し訳ないことをしたよ。だからこの騒動が落ち着いたら、働き方を変えると思う」

そっかあ、と青子が相づちを打った。卓馬も声は出さずに、神妙な心持ちでうなずく。古いなじみが癌を患ったことで、大病というものを少し近くに感じるようになった。

「俺から見れば、かやのんは超人ですよ。ぜんぶがんばっててえらいもん」

会社でのいやがらせがきっかけで部屋から出られなくなり、今でも駅へ向かうサラリーマンの集団を見ると冷や汗が出るという玄也が、とりなすように言う。茅乃は渋い顔をして、首を左右に振った。

「違うよ、逆、逆。やみくもにがんばらないようにするの。今の自分になにが向いてるか、どのくらいなら物事が抱えられるか、ちゃんと考えて、それ以上はやらない。抱えすぎないよう気をつける。そういうえらさもあるんだって、最近思い始めた」

青子が、玄也が、茅乃の言葉を受けてゆるゆるとしゃべる。卓馬はまたパソコンの前から離れ、飲み終わったビールの缶を流しにおいて、赤ワインをグラスにそそいだ。「やみくもにがんばらない」は、杏奈が言っていた「もう無理をしたくない」にちょっと似てるな、と思う。だいぶ酔っているとわかっているのに、酒を飲む手が止まらない。

東京に戻りたくない、と切り出した杏奈の、こわばった顔を思い出す。なにも考えたくない。子供たちが、この家に帰らないかもしれないだなんて、考えたくない。無理ってなんだ。大病をした茅乃が自分のキャパシティを考慮した生き方をするのは当然だ。気の毒だけど、賢明な判断だと思う。しかし杏奈は出会ってから病気一つしたことのない健康体だ。東京で楽しそうに働いていたのに、子供の習い事もいろいろ選べていいよねって言っていたのに、いきなり手の平を返すなんてひどいじゃないか。

仕事、そうだ、杏奈だって東京に勤め先があるのにどうするつもりだ。アメリカから様々な食品を輸入している小さな会社で、工場の停止や物流の停滞で相当な打撃を受けたはず……そこまで考えてようやく、勤め先でスタッフを削減するなんらかの動きがあったのだろう、と思い当たる。杏奈の発言には、そういう前提もあったのではないか。ああ、もう少し話をちゃんと聞けばよかった。

ワインをもう一杯ついだことは覚えている。パソコンの角に額を当てたまま、しばらく意識が途切れていた。

そして再び顔を上げたら、ディスプレイに一つだけビデオ画面が表示されていた。キーボードを操作し、パソコンでなにか作業をしているらしい淡白な表情をした青子の姿が映っている。

「……青さん？」

呼びかけると、青子は眉のあたりを明るくして、マウスを軽くいじってから（きっと起動させたままにしていたビデオ通話のアプリケーションを、一番見やすい位置に表示させたのだろう）こちらを向いた。軽く手を振られる。

「卓ちゃん起きたね。だいじょうぶ？」

「うん……寝てましたか、俺」

「茅乃は子供が起きちゃって、もう一回寝かしつけに行った。ゲンゲンはちょっと飲みすぎて頭痛いから先に寝るって」

「青さんは？」

「私はどうせ朝までやることあるから。一応卓ちゃんが吐いたり具合悪くなったりしてないか、時々チェックする係」

「ご迷惑をおかけしました」

「いえいえ」

青子は大学の合気道部で新入生に道場での作法を教えたり、納会などの飲み会でケアをしたりする教育係をしていた。そういえばさっきも一人だけ酒を飲まずにお茶を飲んでいたのは、まだタスクが残っていたからか。

「やることって、授業の準備？」

彼女の勤め先の学習塾は対面での授業が中止され、講師の授業を録画してデータ配信したり、生徒から送られてくる疑問にチャットで対応したりと、リモート化を進めていると聞いた。

「それもあったけど、今はもう別のやってる」

「別の？」

「翻訳の仕事。今はスウェーデンの絵本で、英訳されたものをさらに和訳してる」

「青さんそういう仕事もやってたんだ」

「いやー、前の塾長……あ、今はもうその人じゃなくて、親族の別の人が来たんだけどね、とにかく前の上司と折り合いが悪くてさ、もしかしたら転職するかなあと思って色んな人に相談してたら、たまたま仕事を紹介してもらえたんだ。やり始めたらけっこう性《しょう》に合って、助かってる」

「どんな絵本なの？」

「いい本だよ。森に暮らす小人の一家の話。絵がすごく緻密《ちみつ》なんだ。小人にとってきのこはとても大きいから、手斧で木みたいに切り倒すの」

「おもしろそう」

「発売されたら一冊送るよ」

「ありがと」

絵本をもらって、読み聞かせる子供がそばにいるといいけれど。また思考が悲観的な方向へ傾く。トイレに立ち、お湯を沸かして温かいお茶を用意した。席に戻ると、青子は軽いキータッチの音を響かせて作業を続けている。

「卓ちゃんもう寝る？」

「いや、ちょっと水分をとってからにする」

「そう」

「仕事の邪魔にならない？　集中したかったら、接続を切るけど」

「ううん、だいじょうぶ。もう一区切りつくから。私も少しお酒飲もっと」

青子は軽くマウスを動かしてその場を離れた。お酒と言っていたのに、ティーバッグの持ち手をふちからはみ出させたマグカップを持って戻ってくる。

「紅茶にウイスキー入れたやつ」

「おっしゃれー」

「温まっていいよ」

「俺もなんか酒飲もうかな」

「今日はもうやめなよ。辛いのはわかるけど、よくない飲み方だったよ」

心配されているな、と感じた。自分が酔いつぶれた後、三人の間で話し合いがもたれたのだろう。一人で放り出さない方がいいと判断され、ひとまず青子がケアを引き受けたのだ。

夏合宿ではめを外して飲みすぎた後輩たちに水を配り、背中をさすって吐かせていたように。

「ビデオ通話の飲み会は飲みすぎるって本当だね。家にいるから、安心していくらでも飲んじゃう」

「そうそう、急性アルコール中毒になって救急車呼んだってニュースもあったし、気をつけなよ」

「はい」

「でも、ビデオ通話はいいよね。今まで稽古の帰りにごはん食べるとかはあっても、こんなに学生みたいにだらだら飲む機会はなかったし。今起きてる人いたらちょっと飲もうよって、すごく贅沢な感じ」

「ね、便利よね。ツール自体は今までもあったのに、活用する発想がなかったな」

「辛いニュースが続くけど、悪いことばかりじゃないよ」

青子が優しい声で言った。きっと言おうと準備していた言葉なのだろう。気づかいはありがたいけれど、頷くことには抵抗が残り、卓馬は黙ってお茶を飲んだ。杏奈が残していったノンカフェインのルイボスティーは、薄くてとらえどころのない味をしている。

たしかに学生時代ならともかく、立場も家族構成もすでにばらばらな大人たちが、無精ひげや、すっぴんや、散らかった部屋や、くたびれた部屋着をさらしてダラダラと飲み続けるなんて、こんな状況じゃなきゃ生まれなかった習慣かもしれない。

ビデオ通話を介した飲み会は、どこか大学の部室と雰囲気が似ていた。部の備品の他に、古いテレビとゲーム機と漫画の棚が置かれた小さな空間は、立ち寄ればいつも誰かがそこにいた。アルバイト先がブラックだったという話も、単位が危ないという話も、恋人に病的に束縛されているという話も、家庭内のもめごとも、ものすごく馬鹿な下ネタも、なにを話しても受け止められた。ぬるま湯で満たされた隠れ家のような場所。思えば、人生の最後の隠れ家だった。

あの頃、青子はよくシンプルな無地のワンピースを着て、紙パックのバナナジュースを飲みながら次の講義までの時間を潰していた。そして三十三歳になった彼女は今、まったく同じ顔でウイスキー入りの紅茶を飲んでいる。講義ではなく、いくらか空が明るくなって、俺が「もうだいじょうぶだわ、青さんおやすみ」って言える状態になるのを待っている。待ってくれている。

あ、言える、と唐突に思った。

ずっと頭の中でこんがらがって、どうすればいいのかわからなかったことが、この瞬間なら言える。

「二年くらい前から、なんていうか……奥さんとそういうことをするのはできるんだけど、とにかく自分で、できなくなってさ」

青子が、ぽかんと目を見開いた。急に照れくささと生々しさがこみ上げ、卓馬は顔が熱くなる。

「すみませんねほんと！　もう俺もいい大人なのに、午前二時にいきなり下半身の話なんかして」

「いえいえ！　どうぞーどうぞー、続けてー」

「ああーそれでねー……」

なんでこんな恥ずかしい話を始めてしまったのだろう。自分が今どこにいるのか、何歳なのか、とらえきれない奇妙な気分で卓馬は語りだした。長女の知晶が生まれてから、共働きと育児を両立させる生活のあまりの忙しさに、夫婦の時間が取れなくなったこと。ようやく生活のペースがつかめた頃に誘ってみたら、「ぜんぜんそういう気にならない」と断られたこと。子供が小さいうちはしょうがないだろうと割り切っていたが、三十代に入り自分でできなくなってからは、性生活のない暮らしに強いストレスを感じるようになったこと。

「……お客さんの、フリーのスタイリストさんに、なんでか俺を気に入ってくれる人がいて、一回ちょっと、色っぽい展開に」

「うわー」

青子は両手で顔を覆い、天井を仰いだ。その姿勢で固まり、十秒経ってようやく画面に顔を戻す。

「ごめん、それで？」

「なんでいきなりスマホにロックかけたの？　って、速攻で奥さんにばれた」

もう一度両手で顔を覆い、青子はうつむいた。今度はたっぷり三十秒くらい石になっていた。

「……その状況で、よく二人目をって話になったね」

「付き合いのあるママさんたちが第二子を産み始めたからじゃないかな。年齢的にも、キャリア的にも、もう一人産むなら今しかないって焦ってた。俺も、めちゃくちゃ反省して、一年以上奥さんに気をつかって毎日過ごしてたからさ、許してもらえたのかなって嬉しくなっちゃって……でも、最中にずっと目を閉じてたから、ああまだ俺のこと全然いやなんだなーって」

「無理しすぎでしょう、二人とも。もうちょっと立ち止まって話し合うくせをつけた方がいいよ」

「話し合うのが怖かったんだよな、きっと。自分たちが、なにか問題を抱えているかもしれないって想像すること自体がいやだったんだ」

なにげなく口にしてふと、「戻りたくない」と告げた杏奈の顔のこわばりを思い出した。まるでなにかに怯《おび》えるような、耐えるような、あの表情。

そうか、彼女は考えないことをやめたのだ。そして抱え込んだものの中から、これからの人生で持っていくものと置いていくものを選り分けようとしている。この新しい疫病は、彼女にそうした決断を促す契機となった。

じゃあ、俺はどうしよう。

きっと青子の言うとおり、自分も無理をしていたのだろう。でも、いったいなにが無理だったのか、どうすれば正解だったのか、ぴんと来ない。子供の頃から体は丈夫だったし、友人も多かった。自分のことを強い人間だと信じてきた。なので、自分が困っていて、なにかを変えなければいけない、という状態がよくわからない。

「ちなみに、自分でできなくなって辛かったっていうのは、奥さんに言ったの？」

「まあ、ちょっとは」

「そうしたら？」

「大人なんだから自分の性欲ぐらい自分で始末してよって」

「おお、厳しい……いや、実は茅乃やゲンゲンとも話してたんだけどさ、卓ちゃん、幸せ太りかと思ってたけど、実は体がむくんでない？」

「え」

「循環器系とかさ」

「ええっ」

それから青子は、彼女自身が子供を亡くして体調を崩していた時期に試したのだという様々なストレッチや健康器具、家で手軽にできるお灸とそのハンドブックを紹介してくれた。空が白む頃、ようやく眠気がさしてきた卓馬は青子に別れを告げて布団に入った。すると青子がなにか伝えたのか、早朝から茅乃より「内臓にいいお茶」だの「ストレスを緩和する漢方薬」だのの情報が次々と送られてきて、スマホのメッセージ受信音を鳴らし続けた。

彼女たちは自分をケアする方法を山ほど知っていて、強靭《きょうじん》だった。不幸が直撃して弱っている友人たち、と勝手に抱いていたイメージを卓馬は慎重に修正した。誰が弱いかなんてわからない。もしかしたら弱り方すらよくわかっていなかった自分が一番弱かったのかもしれない。

鳴りやまないスマホの受信音をオフにして、穏やかな気持ちで眠りについた。

一週間後、卓馬は膝まわりと足首に複数のお灸を据えて昼のニュースを眺めていた。お灸なんて痛覚の鈍ったじいさんばあさんがやるものだ、と変な偏見があったけれど、やり始めたらずいぶん体に合って、足や腰が軽くなった。

最近のお灸はもぐさの山に火をつけるなんて面倒なスタイルではなく、シール付きの台座に筒状のもぐさが載っていて、火をつけてぺたっと肌に貼りつけるだけでほどよく温めてくれる便利な商品が販売されていた。温度の低いソフトなお灸を選べば火傷《やけど》の心配もほとんどなく、初心者でも始めやすい。さらに、血行改善にはここ、と茅乃が自信満々に教えてくれたお尻のツボにパンツの上からホッカイロを貼って暮らすようになり、性器に血が集まりやすくなった。まだ前のように手軽に楽しく気持ちよく、というわけにはいかないが、手をかければかけるほど、自分の肉体が扱いやすくなっていく感覚があった。

一つのツボをお灸で繰り返し丁寧に温めていると、その周囲のツボがじりじりとうずいて、次に据えるのはここだと教えてくれる。思い通りに動かない電池切れのロボットみたいだった肉体に少しずつ血が通い、柔らかさを取り戻していく。妻や子供から温かさをもらうだけでなく、向こうにも温かいと思ってもらえるような接し方が、いずれ自分にもできるようになるかもしれない。

テレビでは、ニュースキャスターが感情を排した口調で新しい生活様式の徹底を訴えている。卓馬はパソコンの電源を入れた。約束の時間の三分前、ビデオ通話のサービスにログインする。

杏奈はすでに画面の向こう側で待っていた。奥歯を噛みしめた感じの、ぎこちなく力の入った顔をしていた。お灸をしてあげたくなる感じだった。

「お待たせしました」

呼びかけると、杏奈は不思議そうに首を傾《かし》げた。

「あれ、ちょっと痩せた？」

「へっへっへ」

どうせまだ当分は動けないんだ。時間をかけて、ゆっくり話そう。

卓馬は買ったばかりのお灸を一つつまんで、少し得意げにパソコンのカメラの前にかざした。

サタデイ・ドライブ

つむぎの耳を撫《な》でるたび、安堂玄也《あんどうげんや》はなにかを思い出しそうで思い出せない、もどかしさを感じた。なんだっけ、こんな風に頼りなくて柔らかいものに触ったことがあった気がする。白いふわふわの毛と、黒目がちな瞳、てれんと垂れた小さな舌。しばらく考え――でもまあ、どうせ大したことではない、と思考を手放す。つむぎは五歳のオスのポメラニアンだ。

つむぎの前足を順々に持ち上げ、赤いハーネスの輪にくぐらせ、背中でしっかりと固定する。

「ごめんね玄也、よろしくね。夕飯は、なにか好きなもの作るから」

リビングの戸口に立った母親に声をかけられた。ガーゼ生地のブラウスに長めのカーディガンを重ね、ベージュのワイドパンツをはいた彼女は、そのままコンビニぐらい行けそうなちゃんとした恰好をしている。しかし相変わらず顔色は悪く、目に不穏な光がこもっていた。

「いいよ、横になってなよ。つーか夕飯も、駅前でから揚げでも買ってくるよ。あとはインスタントの味噌汁でいいだろ」

「ううん……」

煮え切らない返事だ。同じように煮え切らない心地で、玄也は続けた。

「親父の酒のあてもあった方がいいなら、きゅうりも買ってくる。味噌あったろ」

「……いいよやっぱり。冷蔵庫に豚肉の残りがあるから、それでなにか作るよ。あとで、買ってほしい食材を連絡するから」

「そういうのやめよう。とにかく、休んでて。そんなところで無理するより、早くよくなってくれよ」

なにげなく言って、舌のつけねが苦くなる。こんなこと、言いたいわけではなかった。込み上げた後悔を振り払うよう、雑な動作でブルゾンを羽織り、スニーカーを履き、顎《あご》に引っかけておいたマスクを引き上げる。つむぎを連れて、外に出た。

「公園の方に行こうか。朝から天気いいし、たぶん地面も乾いてるだろ」

なるべくのんびりとした口調で、足元の毛玉に呼びかける。つむぎはほぼ全身が白いが、耳のふちだけほんのりと茶色い。その茶色い耳をぴっぴっと揺らして、つむぎはちらりと玄也を見上げた。あまり鳴かない犬だ。しょっちゅうそばにいる人間の顔を確認する。

新型ウイルスの感染拡大の影響で経営が悪化し、閉園が決まったドッグパークの犬を引き取りたい。

母親の申し出は、安堂家にとって青天の霹靂《へきれき》だった。月に二度ほど友人と連れ立って遠出しているのは知っていたが、郊外のドッグパークに通っていること、彼女の熱心な趣味がその施設の広い中庭でレンタルした犬を散歩させることだったなんて、父親も玄也もまるで知らなかった。仕事がうまく行かずに落ち込んだときも、更年期障害に苦しんだ時期も——そして口にはしなかったが、恐らく一人息子が部屋に引きこもって気を揉んだ時期も——いつも心を慰めてくれた、大切なポメラニアンがいるのだという。

「つむぎちゃんと離れて生きていくの、辛い……」

母親は、まるでホストに恋する乙女のような口調で涙ぐんだ。メーカーの営業職であまり家にいない父親と、自室にこもりっぱなしの玄也。その両者の橋渡しを行いつつ、家事をこなし、パートに出て、安堂家の要《かなめ》となっていたのが母親だった。これはちょっと、重大な事態だ。父と息子は数年ぶりに目線を合わせ、深夜にひっそりとダイニングテーブルで話し合うことにした。父親と差し向かいで会話なんてまったく気が進まなかったが、不安定な母親を放っておくわけにもいかず、玄也は二階から降りて行った。

青いフランネルのパジャマ姿の父親は、むずかしい顔で切り出した。

「俺は……悪いんだが、おそらくほとんど世話ができない。次の勤め先探しで、あまり余裕がない」

まもなく定年を迎える父親は、少しでもいい再就職先を確保しようと様々な縁故《えんこ》をたぐっている最中だった。休みだったはずが、急に呼び出されてどこかに出かけることも多い。ライフステージが変わる時期で、新しい生き物に手をかける余裕がないのだろう。まあそうよね、と玄也はうなずいた。

「実は、母さんは家を建てた頃から犬を飼いたがっていた」

「初耳なんだけど。じゃあ飼えばよかったじゃない」

「えー、だっていやだろ。新築の床を犬にばりばりにされるの」

「親父そういうとこあるよね」

子供っぽいというか、自分の意見が通って当たり前だと頭から信じて疑わない、かつ譲らないところが父親にはある。思春期の頃は、頭ごなしの物言いにカチンときてよく喧嘩になったものだ。玄也は懐かしいうっとうしさに眉をひそめつつ、それで？　と先を促した。

「うん」

「少し前に母さんと喧嘩して」

「家のローン、結局六分の一は母さんのパート代で返したのと、俺が家のことをほっぽり出して仕事できたのは母さんのサポートあってのことだから、この家の床の少なくとも一階の半分はばりばりにする権利がある、って抗議された」

「厳密だ」

「なんかエクセルで作った表を出された」

「母さんも根に持ってたんだね」

三十年分の恨みを累積させるより、床にシートでも張ってさっさと飼った方がマシだったんじゃないか。他人事のように玄也は思う。ふてくされた顔で、人差し指から小指までの四本の指でぱたぱたとテーブルを叩きながら父親は続けた。

「この歳で新しく犬を迎えたって最期まで飼えない可能性があるんじゃないかとも思ったが、つむぎちゃんはもう五歳らしい。小型犬の平均寿命と人間の平均寿命を考えれば、まあ、俺か母さんのどちらかは看取《みと》ってあげられるだろう。ってか、母さんにとってはラストチャンスだな」

「寿命まで考えたの?」

「そこで、お前に頼みがある」

父親はつむぎの世話と、万が一の事故などで自分と妻がつむぎよりも先に亡くなった場合は、その後つむぎが幸せに暮らせるよう手配することを玄也に頼んだ。急に話が自分に持ち込まれ、玄也は目を丸くした。

「いや、世話は母さんでしょ。飼いたがってるの母さんなんだから」

「母さんは当然として、命を一つ預かるんだからもう一人要員を確保しておくのは重要だ。介護や子育てと同じだよ。担当者は一人じゃなく、ぜったいに複数。一人しか担当できない場合は、必ず助けてもらえるサービスや施設を押さえておくこと」

「祖母《ばあ》ちゃんがボケたの見て見ぬふりして、母さんに怒鳴られてたくせに」

「あのときは俺の代わりに従姉妹《いとこ》の正子《まさこ》ねえさんに手伝ってもらえるようにしたから、いいんだ。とにかく……どうなんだ？」

「ええええ……」

　なんとなく営業一筋ウン十年の父親に丸め込まれている気がする。犬？　自分が犬を、飼う？　いまいち想像できずに首をひねる。

「……ちなみに、母さんが三十年の沈黙を破って犬を飼いたいと言い出したことには、お前にも責任がある」

「なによ」

「玄也のタコいいなあ、だって」

「もらい事故だ……」

それから、しばらく考えた。頭が痛くなるくらい考えた。外で働くことにいまだ抵抗のある自分が、犬の責任なんかとれるのか。自分の将来もあいまいなのに、犬？　いや、万が一のときの手配とは、無理をして飼い続けろ、ではなく、必要に応じて里親を探すなどとにかく犬に苦労をかけないように取り計らえ、という意味だろう。思えば母親にたくさんの負荷をかけてきたこれまでの日々、人知れず彼女がそのポメラニアンに支えられていたなら、自分はすでにその犬に借りがあるのかもしれない。

悩んだ挙句、玄也はおそるおそる犬の世話を了承した。三人でそのドッグパークのオーナーのもとへ向かい、飼い方の指導を受け、三週間のお試し期間を経て正式につむぎを家に迎えた。

母親はずいぶん喜び、毎日おしゃれをしてつむぎと散歩に出かけた。つむぎも家に慣れ、リビングでごろりと腹を出し、留守番も平気でこなしてリラックスしているように見えた。

なんの問題もなかった。十一月までは。

大気が乾燥し、日中の気温が下がり始めた途端、夏ごろには落ち着いていた新型ウイルスがみるみる日別の感染者数を増やし始めた。疲弊した経済への危機感と感染予防対策の重要性、その双方が連日緊迫したトーンで報じられ、ニュースやワイドショーを観るだけで気が滅入った。見えない巨人の手で押し潰されているような圧迫感が、社会全体を覆った。

もともと冬季うつの傾向があった母親は、春から累積した疲れが噴き出たかのように体調を崩した。辛うじてパートには出かけるものの、家事まで手が回らず、つむぎの朝夕の散歩は玄也が担うことが増えた。

母親はいつもすまなそうにしている。なんでもできた人だから、できなくなると余計に生活のほころびが目について辛いのだろう。しかし母親が顔を曇らせるたび、玄也はまるで鋭い紙の端で指を切ったようないやな痛みと、居心地の悪さを感じた。

風邪の症状が一切ない、いわゆる無症状の人でも知らないうちにウイルスを保有している可能性があり、会話の際に飛び散った唾液だけで他者に感染させてしまう。そんなふざけた病が流行したおかげで、外を出歩くときにはマスクを着用するのが当たり前になった。

マスクはいいな、と玄也は思う。顔の半分が覆われていると不思議な安心感が湧いて、以前より外出することへの抵抗感が減った。犬の散歩はもちろん、散歩帰りの買い出しや、役所へのちょっとした問い合わせなども行えるようになった。多少ぎこちない瞬間が生じたとしても、表情に気をつかわなくていいから楽なのかもしれない。疫病の流行が終息した後も、ずっとマスクだけは習慣として残らないかな、と期待してしまう。

家から十五分ほど歩いて、レンガ敷きの遊歩道や芝生広場、子供向けの遊具が設置された川沿いの公園に辿り着いた。つむぎは硬く泡立てたホイップクリームみたいな尻尾を左右に揺らして遊歩道を歩き始める。途中、よく顔を合わせる犬や飼い主たちとすれ違った。ああどうも。日が短くなりましたね。ポメちゃん今日もごきげんだ。そんな風に声をかけてくる人もいる。あまり人と目を合わせたくない玄也は、そうした挨拶をうつむきがちの会釈《えしゃく》で乗り切ることにしている。つむぎはつむぎで、自分よりも大きな犬にじゃれついたり、遊んでくれと吠える小犬を無視したりと好きにしている。

芝生広場の端で、初老の女性が三人ほど集まって話し込んでいた。耳にリボンをつけていたり冬らしい雪の結晶柄の服を着ていたりと、おしゃれなダックスフンドとチワワとトイプードルが足元をうろついている。女性の一人に見覚えがあった。たしか、母親と同じパン屋でレジを打っていたはずだ。過去に幾度かパンを買いに行ったことがあるため、玄也も顔を知られている。

会釈よりもリアクションが必要な会話に発展する気がして、玄也は一瞬足をとめた。しかしつむぎはとことこと三人に近づいていく。つむぎと仲の良いダックスフンドが、こちらに気づいて駆け寄ってきた。玄也は素通りすることをあきらめ、平静を装って三人に挨拶をした。

「ああ、玄也くん。こんにちは。寒いねえ」

「はあ」

「たっくんよかった、つむちゃんが来てくれたよ！　つむちゃん今日もいいこね。ぜんぜん玄也くんから離れないし。どこかでトレーニング受けたの？」

「もともと、えっと……持ち込まれた犬の、しつけ教室とかもやってる施設で飼われてたから、人間の真横を歩く訓練も、してたみたいで」

「お利口さんだ」

「はあ」

「そういえば、栄子《えいこ》さんは元気？」

「気圧が下がると辛そうです」

「そう……お惣菜とか持って行ったら迷惑かな？」

どうだろう？　よくわからず、玄也は首を傾《かし》げる。

一通りの挨拶が終わったあとも、つむぎとダックスフンドが遊ぶのをやめなかったため、玄也は彼女たちから少し離れたベンチに腰を下ろした。リードを少し長くして、二匹が追いかけっこできるようにしてやる。犬は面白いなと思う。自分があの三人の女性と友達になるなんて天地がひっくり返ってもあり得ないのに、連れている犬同士は気が合えば簡単に友達になる。

ベンチの背もたれに体を預け、玄也は少しマスクを下げた。深く呼吸する。乾いた草の匂いが鼻孔《びこう》に流れ込む。空気が芯まで冷たい。もう冬が来るのだ。昨日まで大気が荒れていたせいか、今日の夕暮れは眩《まばゆ》いくらいの黄金色だった。西日を受けたつむぎの毛が繊細な金細工のように光っている。

女性たちは熱心に話し込んでいる。なんでも三人のうちの一人が先日、車上荒らしを目撃したらしい。数十メートル先の路肩に停められた車から男が出てきて、ドアを閉め、そばの自転車にまたがって去った。そのときは車に忘れ物でもしたのだろうか、ぐらいにしか思わなかったが、車のそばを通ってやっと窓ガラスが粉々に割られていることに気づき、慌てて通報したという。

「びっくりした。この町でもそんなことが起こるなんて」

「人通りが少ないから、悪いことを考える人もいるよね」

「夜に歩いてるとちょっと怖いし」

「そういえば、孫と同じ小学校に通う子が近くの公園で、お父さんとお母さんが熱を出して病院に行ったよ、おじさんの車で一緒に行こう、って変な人に声をかけられたって」

「なにそれ、いやだ」

そうだよなあ、と玄也は少し後ろめたい気分になった。自分はマスクの習慣化も、人々が家に閉じこもり、働き方が多様になったことも、正直ちょっと気が楽になったけれど。世間的に、疫病の流行は最悪の事態だ。医療体制のひっ迫、感染者への深刻な差別、経済の悪化。生活苦を背景にした路上強盗や、家畜や農作物の窃盗被害も発生している。深夜に人通りの少ない道を歩かなければならない人は、さぞ怖い思いをしているだろう。

三人のうちの一人が「そろそろスーパー行かなきゃ」と片手をあげ、立ち話は終わった。元気なダックスフンドもスキップ気味に去っていく。そろそろ自分たちも、から揚げを買って家に帰ろう。マスクを引き上げ、つむぎのリードを調節しなおした玄也はふと、同じ芝生広場内の、自分が座るベンチから十メートルほど離れたベンチに、いつのまにか男が一人、座っているのに気づいた。

年齢は自分と同年代くらいか。中肉中背で、フリースのジャケットにデニムというありふれた恰好。頬骨が張っていて黒縁眼鏡で、真面目な感じだ。しかしなにより気になったのは、その男が去っていく三人の足元——つまり、小型犬たちを熱心に見つめていたことだった。

他にやることはいくらでもありそうな土曜の夕方に一人、公園のベンチに手ぶらで座って、小型犬を注視する同年代の男？　なんだろう。犬泥棒の下見とかじゃないよな。治安の悪化を案じる声を聞いたばかりで、どうしても思考がそちらへ向く。

視線に気づいた男がぱっとこちらを向いた。眉頭に目立つほくろが見えて、脳がぴりっと反応する。なぜだろう、彼を知っている気がする。中高の同級生――いや、それよりは関係が遠い。でも、世話になったような感覚がある。男はばつが悪そうに立ち上がる。その瞬間、背広を着た彼が書類片手に席を立つ姿が思い出され、玄也は「あ」と声を出した。

「役所の窓口の……」

外でそんなに大きな声を出したのは久しぶりだった。マスクの効果だとしか思えない。

男は足をとめ、玄也を振り返ると少し首を傾げてから浅く会釈をした。呼び止めてしまった手前、玄也もぎこちなく近づいて挨拶をする。やはり、先日役所の窓口で対応してくれた男だった。

マイナンバーカード関連のポイントがつくとかで、母親がスマホの専用アプリを使ってオンライン申請を試みたもののうまくいかず、「アプリはよくわからない。説明されても困る」と市役所の支援窓口を訪ねる際に玄也を連れ出したのだ。彼は三十秒ほど状況確認を行っただけで母親のスマホの機種にアプリが対応していないことを突き止め、窓口からの直接申請に切り替えた。透明なマウスシールドをつけていて、目の下にくまの浮いた疲れ顔と、眉頭のほくろが印象に残っていた。母親の他にも新しいシステムに戸惑う市民は多かったようで、支援窓口には長い列ができていた。

「あのときはお世話になりました」

まあ自分のことなど覚えていないだろう、と思いながら礼を述べる。いえ、と控えめに会釈をし、ベンチに座り直した男は佐々《ささ》と名乗った。そして玄也の足元のつむぎに目を落とした。

「かわいいですね」

「どうも」

「撫でてもいいですか。怖がるかな」

「平気ですよ。大人しいです」

つむぎおいで、と玄也はしゃがんで呼びかけた。白い毛玉はすぽりと両手の間に納まる。つむぎの体を軽く支えてうながすと、佐々はそばにしゃがんで犬の背を撫でた。動物に慣れた触り方だった。

「おお、かっわいい……落ち着いてますね」

硬い面持ちを崩して、佐々はずいぶん嬉しそうに声を弾ませる。

「犬、好きですか」

「好きですね。犬も猫も、動物全般」

「ずいぶん見てるなーって思いました」

「ははは、不審者っぽかったですよね、すみません」

軽く雑談し、その日は別れた。

一週間後、玄也は再び同じ公園で佐々と顔を合わせた。佐々は相変わらずベンチに座って、自販機で買ったホットのミルクティーを飲みながら通りすがりの犬を眺めていた。撫でます？　と聞くと、芝生に膝をついて嬉しそうにつむぎを撫でまわす。

「犬、それだけ好きなのに飼わないんですか」

「いやー……実は去年、予算関係の忙しい部署にいたもので、なかなか家に帰れずにペットを手放したばかりなんです。まあしばらくは感染防止対策やオリンピックでばたばたするし、まず無理だな……」

現在はマイナンバーカード関連の支援窓口だけでなく、市内で催されるイベントの感染防止対策を講じたり、感染症に対応して業務形態を変えた事業者への支援を行ったりと、経済活動に関する広範な業務を担う部署に在籍しているらしい。休みもとれたりとれなかったりで友人と予定を合わせるのも難しく、結局休日は一人で電車に乗って隣町の猫カフェを訪ねるか、こうして近所の犬を眺めるかして過ごしている、と寂しそうに彼は語った。

「ちなみになにを飼っていたんですか？」

「トカゲとカエルと亀を。あと、ベランダでアゲハチョウの蛹《さなぎ》を越冬させたりと昆虫類もちょこちょこ飼ってました。犬は実家にいたので、愛着があって」

本当に生き物が好きなんだな、と思う。

「うちにはタコがいます」

「本当ですか！　素晴らしいなー」

ここが中学校の教室なら、にやっと笑って友達になっていただろうと玄也は思う。もともと玄也も釣りが趣味で、協調性が必要なスポーツや目や耳への刺激が強いゲームより、自然と向き合っている方が楽なたちだ。佐々からは自分と同じ、人間よりもそれ以外の生き物の方が心を預けやすい、控えめなはぐれ者の気質を感じた。そして、おそらく自分だけでなく、相手も親近感を持ってくれている。

「休みが被《かぶ》った日にでも、タコに餌やりに行ってもいいですか。磯で、小さなカニとかエビとか捕まえていくんで」

佐々にのんびりとした口調で切り出され、玄也はしまった、と思った。タコがいるなんて、言わなければよかった。

「そうですね、休みが被ったら」

適当な相づちを打ち、つむぎのリードを引いてそそくさとその場を後にする。

実家の子供部屋に住んでおらず、無職でもなかったら、自分たちは友達になれただろうか。

――なれただろうな、と玄也はタコの仙太郎《せんたろう》を眺めて残念に思う。仙太郎はすっかり玄也になつき、姿を見ると寄ってくるようになった。魚の切り身をピンセットでつまんで水中に入れると、吸盤が並んだ腕を伸ばして受け取ってくれる。スーパーの活きアサリは八本の腕のつけねまで運び、貝殻に吸盤をくっつけて、ふん、と力を込めて貝殻をこじあける。そうした動作のいちいちがコミカルでかわいい。新鮮なカニやエビをもらったら、きっと喜んだだろう。

「俺は前にゲンゲンの部屋に通してもらったじゃん」

パソコンのビデオ通話画面には、大学で同じ合気道部に所属していた花田《はなだ》卓馬《たくま》の顔が映っている。確かに仙太郎を部屋に迎えたときは、卓馬に車を出してもらって飼育用品を買いに行ったり、仙太郎を道場から運んだりと、世話になった。

「ゲンゲンのお母さんも、あらいらっしゃーいって感じで黒糖カステラ出してくれたし、別に、近所で新しくできた友達を連れて行っても、同じじゃないの」

「そりゃ卓ちゃんや、青《あお》さんやかやのんは別よ？　学生時代の、お互いになんでもない頃から知り合いなんだから。俺の親は、なんとか外との付き合いを継続してくれって気分だろうし、新しい友達なんて大歓迎よ、きっと」

「じゃあいいじゃん」

「よくないよ」

大人になってからの付き合いには、どうしたって肩書がつきまとう。散歩中の犬みたいに気が合っただけで友達になれるほど、簡単な仕組みではないのだ。卓馬だってわかっているはずだ。憮然としていると、卓馬は自家製のピクルスを画面の向こうで頬ばった。コリコリといい音がする。きゅうりや大根などメジャーな野菜だけでなく、ハヤトウリだの青パパイヤだの変わり種も刻んでタッパーで漬けているらしい。っていうかハヤトウリってなんだ？卓馬は最近やたらと健康に気をつかっている。大学の部室で、うまい棒のコーンポタージュ味とめんたい味とチーズ味を昼飯代わりだと言ってむしゃついていたアホなお前はどこに行ってしまったんだ。

合気道部の元主将は、糖質オフのビールを一口飲んで顔をしかめた。

「俺のー……勤め先がクソじゃなくて、仕事が続いてて、今この瞬間に実家を出てるのなんて、ぜんぶたまたまだし」

なぐさめようとしているのだろうか。玄也が返事に窮していると、卓馬は眉間にしわを刻み、うう、と鈍くうめいた。

「……ついでに言うと子供が生まれたばかりなのに別居中なのもたまたまだから！」

「あ、奥さんと子供、まだ帰ってこないんだ。赤ん坊に会えた？」

「うん。夏に二週間ほど向こうに行ってきた。でもまー、話し合いはー、まとまりませんねー」

もう東京に戻りたくない、と妻から爆弾が落とされた直後、卓馬はずいぶん荒れていた。酒乱っぽくなっていた。学生の頃から柔和で明るく、なんだかんだで結構モテていたし、どんなことも上手くやるイメージだったこいつがこんなに取り乱す日がくるなんて、と玄也は衝撃を受けたものだ。

色々あるじゃん、と二本目のビールで目の縁を赤くした卓馬が疲れた様子で言う。少し前に合気道道場の関係者で、年上のOBばかり集《つど》った食事会に呼ばれて断れなかった、と言っていたので、そこで不快なことでも言われたのかもしれない。

「で、そんななかで気が合う人なんて宝物じゃん。なにも確かめないで切ったらもったいないよ」

「はいはい」

飲み続けないでちゃんと寝なよ、と念を押して、ビデオ通話を切る。

卓馬にはわからない、と玄也は思う。並んで白帯を締めて稽古していた時代から、現在まで。卓馬と自分の状況がかけ離れた背景には、確かに色んな偶然があったかもしれない。自分が無能だったせいだと苦しんだ時期もあったけれど、今はすべての原因がそうだったとは思っていない。ただ、そうしてたどり着いた現在の、自由度や資源の差は歴然としている。なにをしているの、と聞かれて、かけらも羞恥心を持たずに「これこれをやってます」と自分を説明できる人に、この恐怖はわからない。やり直しや巻き返しが困難な国で、肩書という お守りを失う恐怖。

つむぎの夕方の散歩ルートを変えた。役所関連の頼みごとは断ることにした。それでも一度縁のできた相手とは会ってしまうものらしい。というか、これまでもよっぽど近所で生活していたのだろう。駅前のクリーニング店で父親のワイシャツを受け取り、母親に頼まれたコーヒー豆をカフェのレジ横の棚で探していると、背後を聞き覚えのある声が通った。

「ちょっと知り合いの犬に似ていた気がして……」

佐々の声だ。玄也は顔をしかめ、下段の豆袋を確認するふりをしてその場にしゃがんだ。

「また犬か。お前このあいだのバーベキュー会も断って、川沿いの公園で犬撫でてたんだって？　いい加減にしろよ。部長ぶち切れてたぞ。もういいトシなんだから、少しは協調性を持てよ」

上司らしい男の声には呆れと侮《あなど》りが混ざっていて、玄也は懐かしい苛立《いらだ》ちを感じた。どこの職場にも、こういう押しつけがましい奴がいる。

「いや実はブリーダーと話し込んでたんです。世話を手伝っている犬が、ドッグショーに出るかもしれなくて。部長には連絡不足でした、すみません」

佐々は穏やかな口調で返す。ブリーダー？　ドッグショー？　なんのことだろう。

二人が店の奥に向かったタイミングでカフェを飛び出し、ガードレールにつないでおいたつむぎを連れて家に帰った。コーヒー豆は、買いそびれた。

つむぎの足を拭いてリビングに放し、「コーヒー豆は買えなかった」と声をかけようとしたら、母親は寝室として使っている和室で誰かと電話をしていた。気安い相手なのだろう。ふすま越しに響く声が高い。

「いやだからね、私もそこは言わなきゃ、と思って言ったの。子供を自分の身代わりにするんじゃなくて、資格でも大学でも、執着しているのはあなたたなんだから、自分の人生で悔いがないよう行動しなさい。子供を家出するまで追い込むなんて、そんなみっともないことやめなさいって。……あははは、だってね、実際そうじゃない。どんなことも」

立派なことを口にする母親の声は、ここ数ヶ月の不調や憂鬱が嘘かと思うほどなめらかで楽しそうだった。

みんな立派になって、安心したいのだ。そのために立派じゃなさそうな自分を一生懸命に隠す。立派に思われようとする。もしくは、立派であろうとして無理をする。自分だってそうだ、と玄也は思う。タコの餌やりの提案は、顔見知りじゃなくて友人になろう、というサインだった。子供の頃だって難しく、大人になってからはさらに思い切りが必要なサインだ。それを、目すら合わせずに流してしまった。立派じゃないと思われることが、怖くて。

自分の倍近い年月を生きた母親のなかにも、見下されることへの恐怖がある。そんな実感が、ふすまの丸い木製の引き手に触れた中指から伝わる。玄也は声をかけず、足音を立てないよう慎重に二階の部屋へ戻った。

土曜日の夕方、またつむぎの散歩に出た。川沿いの公園のベンチに座って自販機の温かいおしるこを飲んでいると、佐々が遊歩道を歩いてやってきた。先日より暖かそうな、ダウンのジャケットを着ている。

「どうも」

気づかれる前に挨拶をする。佐々はおっ、と目を大きくした。

「ひさびさです。お元気でしたか」

「へい」

「さっきあっちで、こんなでかいカマキリが散歩してて」

佐々は嬉しそうに人差し指と親指を広げてみせる。

「おー、十二月になってもいるんだ」

「ね。俺はもうだめだ……って感じでふらふらしてたんですけど、戦いをくぐり抜けた猛者《もさ》感が出てました」

「体がでかくて長生きしてるとしたら、メスじゃないですかね」

「私もうだめ……でも生きる……」

「ふふ」

「季節を越える個体、ロマンですよね」

「わかる」

間隔を空けてベンチに座り、朝夕の冷え込みのことやつむぎのこと、他愛《たわい》もないことをつらつらとしゃべった。

「そういやこのあいだ、駅前のカフェの前につむぎちゃんそっくりのポメがいましたよ。耳のちょっと茶色いところまで似てて。兄弟犬とか、市内にいます？」

「それ、つむぎですね」

え、と佐々が目を見開く。なにか気の利いた言い方はないかとずいぶん考えてきたが、自分にそんな器用なことができるとも思えず、そのまま聞いた。

「ドッグショーに出るんですか？　知らなかった。飼ってるんじゃないですか、犬」

佐々は片手で口元を押さえた。マスクの表面は触らない方がいいのだけど、そんなことすっかり忘れている感じの余裕のない仕草だった。薄いガラスの向こうで目が泳ぎ、頭痛でもこらえるみたいにぎゅっと強くつむられる。

「や……ええと」

口ごもり、やがてふうと長く息を吐いた。

「実はちょっと、色々ありまして」

職場の飲み会やスポーツ交流会を断ることが多い佐々は、「扱いにくい変わり者」として疎《うと》まれがちなのだという。

「前の部署の繁忙期にはなかなか家に帰れなくて、こまめに温度管理をしなきゃいけないトカゲを一匹死なせてしまいました。それで、こりゃだめだわと生き物は全部知人やショップに譲って手放したんですが……それを知った上司がにこにこしながら、やっと小学生の趣味を卒業したか、これで嫁さんもらえるな、と」

「あー……そういうハラスメントありましたよね」

「トカゲすら構えずに殺した人間に、結婚を勧めるってどういう感覚してるんですかね？　ともかく、結婚すれば仕事に責任感が出る、出世したければ結婚しろ、みたいな面倒な風潮は今でもあるんですよ。保守的な縦割りの組織だとなおさら。それで、俺も面倒なことを言われないように予防線を張る癖がついたというか……あー……恥ずかしいところを見られました。忘れてください」

「いえ、とんでもない」

こっちこそ、と玄也は勢いで続ける。つむぎに目をやり、三秒ほど間を空けてやっと切り出した。タコの餌やりのこと。来てもらいたいと思ったけれど、実家で暮らしているので招くのをためらったこと。色々あって、今は勤めていないこと。とても説明しにくくて舌がもつれた。緊張で背中が焼けるように熱い。それでもなんとか、あまり表情を変えずに言った。マスクがあって本当に良かった。

「それはようするにー……」

茹《ゆ》ですぎたうどんみたいに途切れがちな説明を最後まで聞き、佐々は静かな声でしゃべりだした。

「代休とか、平日に休みを取った日でも、安堂さんを遊びに誘っていいってことですかね」

「……まあ、はい」

「連絡先、交換しませんか」

目尻に笑いじわを刻み、彼はスマホを取り出した。

寝て、起きて、つむぎの世話をして、家のことを手伝う。それを繰り返すうちに年が明けた。天気がよくて気分もいいので、今日は仙太郎の水槽のメンテナンスを行う。

玄也は腕まくりをして柄つきスポンジでガラスの内側を磨き、砂利《じゃり》に埋もれたごみをクリーナーポンプで吸い上げた。インテリアとして入れてあるシーグラスや、お気に入りの大きめのアサリの貝殻、タコつぼ代わりの花瓶の周囲も丁寧に掃除する。途中で仙太郎が興味を示し、ポンプにしがみつこうとしたので、何度か作業を中断した。

吸い上げたごみには、年明けに食べさせたカニのかけらが混ざっていた。佐々の車で近くの海岸に出かけた際、数匹つかまえて土産《みやげ》にしたのだ。その日は磯の生き物を眺め、ついでに近くの店でネギトロ丼を食べた。つむぎにも海を見せてやろうと、ケージに入れて連れて行った。砂浜を喜んで走り回るかと思いきや、つむぎは波を怖がって、ずっと玄也の腕で丸くなっていた。

「ポメラニアンで五歳ってことは、人間でいうと三十代半《なか》ばかな。だいたい俺らと同じくらい」

「アラサーのおっさんの三人旅、いいっすね」

くだらない会話を思い出して口元が笑う。そういえば仙太郎はいくつぐらいなんだろう。マダコの寿命は二年程度らしいので、もう一年以上飼っているということは、かなりのじいさんかもしれない。

水槽の水を半分ほど抜き、代わりに用意しておいた人工海水を入れる。フィルターも掃除し、最後に漂うごみをネットですくった。作業が終わり、仙太郎はやっとほっとした様子で、八本の腕を伸ばして水槽内の点検を始める。

水の中で柔らかい花が開き、しぼみ、また開く。彼の泳ぐ姿は、玄也の目にはそう映る。これまではただ漠然と思うだけだったけれど、今はそれを気軽に語れる相手がいることが嬉しい。受け止められることが当たり前になると、心が鋭敏になっていくようだ。

かかとに柔らかいものが触れた。振り返ると、なにしてるの、という感じでつむぎが部屋に遊びに来ていた。両手で白い体をくしゃくしゃと撫でる。ふちだけ焼き色でもつけたように茶色い耳がてのひらでへしゃげる。

「あ」

こめかみでぱちんとなにかが弾け、玄也はスマホを手に取った。久しぶりにアイスや生クリームがごてごてのったやつが食べたくなって、近隣の店舗を探す。続いて、メッセージアプリを起動させた。

【生食パンとか、食べに行きませんか?】

誘いから十秒も経たないうちに、【いいですね!】と拍手をするコミカルなトカゲのスタンプが返ってきた。じわりと胸に喜びが広がる。

——また教習所に通って、失効した免許を取りなおそうか。

唐突にそんなむずがゆい思いつきがやってきて、玄也は窓へ目を向けた。爽やかな午前の光で満たされた町が見える。二人、助け合いながら運転すれば、きっと遠くまで遊びに行ける。

月がふたつ

いつからか流れの速い川に腰まで浸《つ》かり、転ばないよう神経をとがらせたつま先立ちでずっと、ずっと、歩き続けているような気持ちでいる。

日野原茅乃《ひのはらかやの》――それとも大橋《おおはし》茅乃だろうか――どちらも自分の名前という感じがしない、奇妙な無感覚を漂いながら、二人掛けソファに寝転んだ茅乃はまばたきをした。自宅のリビングが見える。誰もいない、静かな午後のリビング。日差しを浴びた無数の埃《ほこり》が光りながら宇宙ごみ――スペースデブリのごとく浮遊している。ソファの前には内部に小物を収納できるガラス製のモダンなローテーブルが置かれ、その少し先にはダイニングテーブルのセットが見える。

パイン材が使用されたクリーム色のダイニングテーブルは、面取りされていてどこもかしこも丸っこい。子供がぶつかっても安心、という触れ込みに惹かれて妊娠中に買った。ミッキーマウスの柄が入ったベビーチェアに座り、テーブルの天板に離乳食を擦《こす》りつけていた菜《な》緒《お》ももう小学六年生だ。いってきますと硬い声で言って、毎朝出かけていく。

今、ダイニングテーブルの上には二人分の朝食の皿が残されたままになっている。もう目玉焼きのかけらが乾いてこびりついているだろう。早く水に浸けて、洗った方がいい。わかっているのに動けない。

そういえば食事も、娘と夫には目玉焼きとトーストと野菜ジュースといったそれらしいものを用意したけれど、自分は野菜ジュースを一缶飲んだきりだ。これもよくない。よくない、とわかっているのに、起き上がれない。

頭の真ん中で、小さな太鼓が鳴っている。体が重く、動く気力がわかない。頭痛と倦怠《けんたい》感は服用している薬の副作用だ。これでもまだ、マシな方だ。服用を始めたばかりの頃は吐き気がひどく、主治医に相談して体質に合う吐き気止めを処方してもらった。

季節の花の香りのように、子供の声が漂ってくる。マンションの二階、通りに面したこの部屋はよく周囲の声を拾う。これはね、とまれってかいてあるんだよ、とーまーれ。とびださないよ、はいみぎみてーひだりみてー。噛《か》んで含めるような大人の声もする。近くの保育園の子供たちが、保育士に連れられて散歩しているのだろう。呼びかけにはーい、と返事をする声がしっかりしているので、年長さんかもしれない。

年長さんの、黄色いベレー帽をかぶって登園していた頃の菜緒の頬のラインを、胸板の薄さを、小さな指の力加減を、痛いくらいに覚えている。別れの想像に耐えかねて、夕方のスーパーからの帰り道、ビニール袋を地面に置いてなんども小さな体を抱き上げた。菜緒は「だっこしたいの？　いいよお」と舌の回っていないまろやかな声で言って、笑いながらぎゅうと抱き返してくれた。なるべく普通の声で受け答えをして、キティちゃんの刺繍《ししゅう》が入った小さなトレーナーに涙を吸わせながら、生きていられるすべての時間でこの子を守ろう、一生分の愛情を注いでからいこう、と思った。

たしかにそう、思っていた。

ダイニングの皿を片付けて、食事をとって、キャビネットの上に溜まった郵便物を分別し、夕飯の買い出しに行くべきだ。不快感を押し込めるよう目を閉じると、眩暈《めまい》にも似た薄い眠気に包まれた。それを振りほどいて、また瞼《まぶた》を持ち上げる。時計の針が進んでいる。太陽の位置が変わり、ソファの座面に投げ出してあった手に日が当たっていた。温かい。指の周りをふわりと舞う、光のかけら。

スペースデブリだなんてらしくない単語が頭をよぎったのは、昨日壁に叩きつけた菜緒の漫画が、宇宙を舞台にした冒険ものだったからだ。

その作品も、捨てさせた。仕方のないことだ。八時までちゃんと勉強するという約束を破って、隠れて漫画を読んでいた菜緒が悪い。約束を破ったらこうなる。人から信頼されなくなる。自分のためにならない。そう、きちんと教えなければならない。捨てるという行為を実感させるため、本棚に詰まっていた数百冊の漫画本をすべて、自分の手で買い取り用の段ボール箱に入れさせた。

ああ、夜遅くまで怒っていたから消耗して、今日は余計に体を起こすのがしんどいのだ。茅乃は額を手の甲でぎゅっと押さえて寝返りを打った。五歳の菜緒はとてもあどけなく、素直でかわいらしかった。十二歳の菜緒は嘘ばかりつく。不真面目でずるい子供になってしまった。このままでは受験も失敗してしまう。

必要なしつけだ、菜緒のためだ、と幾度となく頭で繰り返す。ただ、菜緒が机と体の間に隠していた漫画本を見つけた瞬間の、頭のなかが真っ赤に焼けて、思わず奪い取ったそれを壁に叩きつけてしまった、あの火災旋風のような衝動はやはり、行き過ぎていたと思う。たくさんの漫画本を震える手で箱に差し入れながら、菜緒は目が溶け落ちそうなほど泣いていた。

午後三時を回る頃、ようやく体を起こすことができた。粉末の青汁と蜂蜜を入れたヨーグルトを食べ、お茶を飲む。腰と膝の痛みに苦労しながら食器を洗い、部屋を片付ける。ダイニングテーブルの周囲に落ちていた家族の靴下やパジャマを拾って洗濯機に入れ、スイッチを押す。

放置してあったチラシの束の中に、硬い手ごたえがあった。心臓が鋭く弾む。手から幾枚もこぼしながら束を探る。ふっくらと厚い、上質な紙で作られた横長の封筒が出てきた。端には、老舗《しにせ》の菓子メーカーのロゴが印刷されている。台所ばさみで封筒の端を切り、中の書類を引き出した。

【ご応募御礼】
　このたびは東日本和菓子クラブ主催の第七回俳句コンテストにご応募いただきありがとうございました。おかげさまで歴代最多の千五百七名様からご応募をいただきました。厳正なる選考を行いましたところ、誠に残念ながら今回は落選となりました。ご参加いただいた記念として、当クラブのホームページでご利用いただけるクーポン券をご用意いたしました。末筆ながら、皆様のご健勝を心よりお祈り申し上げます。

封筒には落選通知と一緒に、ＱＲコードを読み込めば和菓子の通販が百円引きになるというカラフルなクーポン券が封入されていた。茅乃はそれらをくず籠に捨てようとし、少し迷って、台所の棚の引き出しにしまった。深く息を吐き、キャリーバッグを引いて買い物に出かける。両手に重い荷物をぶら下げてスーパーから帰ることも、五歳の子供を抱き上げることも、もう難しい。

再発と骨への転移が判明したのは、乳癌の手術から四年後のことだった。

新種のウィルスの蔓延に伴うイベントの中止で事業の継続が難しくなり、茅乃が勤めていた会社は大幅な人員削減を発表した。仕事と子育て、そして自分の体力との兼ね合いを鑑《かんが》みて、この機会に働き方を少し変えよう。夫の良輔《りょうすけ》とも相談して早期退職制度に応募し、転職活動を始めた矢先、半年ぶりの検診でそれが伝えられた。

ショックが深く、告知を受けた直後の記憶はずいぶん曖昧だ。転職活動をひとまず取りやめて、主治医と長期的な治療の計画を話し合った。

その時、菜緒は九歳だった。知らない誰かに曖昧な説明を受けるよりはと、茅乃は休日に二人きりになる時間を設けた。ママのおっぱいが片方ないのは、昔そこが病気になって、手術でとっちゃったから。そんな大雑把《おおざっぱ》な理解をしていた娘に、癌という病気の仕組みについて、再発という現象について、なるべく嚙み砕いて説明した。

話し始めて三分も経たないうちに菜緒の表情が曇り、彼女の意識がみるみる内に閉じていくのがわかった。怖いのだ。母親が大病をしているなんて、子供は怖がって当たり前だろう。あまり理解できていないと承知でなんとか用意した内容を伝え、最後に、少しでも怯《おび》えを和らげたくて付け足した。

「でも、ママは菜緒の結婚式を見るまで死なないから。心配しないで大丈夫」

大人になって、私よりもあなたを愛する人が現れるまで死なない。あなたは生涯を通じてけっして一人にはならない。そう伝えたかった。結婚式、なんて遥か先のことだと思ったのだろう。菜緒はいくらか頬のこわばりをゆるめ、小さな唇をへの字にして頷《うなず》いた。

長く生きよう、と思った。菜緒が恐ろしい思いをしないで済むように、彼女が自分を必要としなくなるまで、長く。

正しくて理性的な、そうありたい自分の像を握りしめているのは大切なことだ。

でも、それだけでは毎日を望む姿で越えていけない。

近所のスーパーで半割の春キャベツとエリンギと豚バラを買い、夕飯は甘い味噌炒めを作ることにした。朝によく飲まれるコーヒー牛乳とりんごジュースもカートに入れる。そうだ、卵も切れていた。豆腐とひき肉も買って、近いうちに菜緒が好きな麻婆豆腐を作ろう。旬のアサリもいいな。そうこう考えるうちに買い物かごの中身は増えていく。

重いキャリーを引くのに疲れ、帰りは公園のベンチでひと休みした。自販機でお茶を買い、呼吸が整うのを待って喉を潤す。そばの花壇に、菜の花が咲いていた。発光しているみたいな、底抜けに明るい黄色。

咲いたばかりなのだろう。花弁がとてもみずみずしい。子供の頃は雑草だと思っていたのに、大人になってからはこうしたなにげない花が好きになった。あと何度、とよせばいいのに考えてしまう。自分はあと何度、真新しい咲きたての菜の花を見られるだろう。そんな風に思った途端、あからさまに美しく見えてきていやになる。どんどん病人らしくなる。日野原茅乃――もしくは大橋茅乃？――という個人が病にのっとられ、社会から遠ざかっていく気分だ。悲しみが水のように湧き出し、胸に溜まる。重くて、苦しい。

漠然と眺めた黄色い花の向こう側を、周辺の住民が歩いていく。帰宅途中なのだろう制服姿の学生たち。自分と同じ、買い物帰りの中高年。スーツを着た勤め人。おそろいの帽子をかぶって集団下校をする小学生たち。このなかに、余命を意識するような大病をしている人はどれだけいるだろう。

この中で、やっぱり私が一番初めに死ぬのかなあ。

いやだなあ、と胸で呟《つぶや》き、茅乃はもう一口お茶を飲んだ。舌の奥で、思いがけず華やかな香りが咲いた。一口目は喉が渇いていたので、勢いよく飲んでしまって気がつかなかった。フルーティだけど甘くない、ずいぶん美味しいお茶だ。ラベルを見ると、南国を思わせる果物やヤシの木のイラストの中央に『スーパーフレッシュトロピカルティー　無糖』と印刷されていた。もう一口。ちょっとびっくりするくらい嗜好《しこう》に合う。今度から、見かけたらこのお茶を買おう。体調が辛いときに少しずつ飲んだら、吐き気をなだめてくれるかもしれない。効く効かないはともかくとして、心理的なお守りになる。

ふ、と良い香りのする息が唇から漏れる。

視野が狭くなっていたなと思う。余命は誰にもわからない。目の前を通り過ぎた見知らぬ人々がどんな人生を抱えているかなんて知らない。大学の頃から付き合いのある友人の娘は、生まれてたった二ヶ月で亡くなってしまった。どんな命も、先はわからないということだけが平等だ。自分だって、このお茶みたいに素晴らしく自分に合って、劇的に癌を小さくし、菜緒の結婚式どころか天寿を全うさせてくれる新薬が開発される期待を捨てずにいる。てのひらの一番深い位置で握り続けている。それを捨てたら、圧倒的な黒い川に飲み込まれて、自分が自分ではなくなってしまう気がする。

水圧を感じ、ふらりと体が揺らいだ。もう行こう。ベンチの背に片手を当て、茅乃は腰痛に障らないよう慎重に立ち上がった。おばあちゃんみたい、と苦く笑う。おばあちゃんになれないかもしれないのに、おばあちゃんみたい。私は、おばあちゃんになりたい。

菜緒を守らなければ。ともかく菜緒を、できるだけ偏差値が高くて荒れていない、私立の中高一貫校に入れてやりたい。就活であまり苦労をせずに済む大学に入って、公務員になるといい。社会はしばらく不安定だろう。ずっと困らないでいてほしい。

花粉が辛いので洗濯物は室内に干し、休み休み夕飯を作った。塾を終えた菜緒が十九時半に帰ってくる。疲れているのだろう、顔が青い。表情が硬いのは、昨晩強く叱られたことを根に持っているのだろうか。

「早く手を洗ってきなさい」

「うんー……」

炊きたてのごはん。アサリと大根と葱の味噌汁。春キャベツとエリンギと豚肉の甘味噌炒め。さらに、公園で見た菜の花が美しかったので、甘めの炒り卵も作った。体調が悪いときは袋麺を使ったラーメンや、冷凍の餃子やチャーハンに頼りがちだ。今日は色どりもいいし、栄養もたっぷりある。頑張って買い出しに行ったかいがあった。久しぶりに自分がきちんと機能できた気がして、嬉しくなる。

菜緒がぼーっとした顔でダイニングチェアに座った。かわいい動物の動画を紹介するバラエティ番組を観ながら、箸をとろうとする。

「待って、手を洗ってないでしょう」

「……洗った」

どうして菜緒はつまらない嘘をつくのだろう。キッチンとダイニングを行き来していたとはいえ、水音がしていなかったのはなんとなくわかる。目を合わせようとすると、拗《す》ねた顔で横を向いた。

「ちゃんと洗ってきなさい。まだ感染予防は続けなきゃいけないんだよ。早く、ごはん冷めちゃうから」

「洗った！」

怒りがじくりとこめかみを這いあがり、脳を痺れさせる。乱暴に席を立ち、洗い場のタオルをにぎった。

「ぜんぜん濡れてない。なんでそんな嘘つくの！」

「端っこで拭いたの！」

「もういい、なんで手もまともに洗えないの！　お母さんが風邪ひいたら大変なの知ってるでしょう！」

つらい、と胸の内側で喘《あえ》ぐ声があった。川の水位が上がる。水圧が増して、流されかけた膝がわななく。つかめるものを探す手が水面に沈む。私は元気じゃないんだ。元気じゃないけど、頑張っている。

「あんたお母さんのこと殺したいの！」

こんなに冷え冷えとした憎しみを孕《はら》んだ自分の声を、聞いたことがない。菜緒は目を見開き、ふと、指がめり込んで割れてしまった卵みたいにくしゃりと顔を歪《ゆが》めて泣き始めた。

——この子はすぐに泣く。自分が悪いくせに泣く。謝罪も反省もせず、泣けばいいと思っている。いやなずるさが染みついている。

「手が洗えないならもう食べなくていい！　自分の部屋に行きなさい！」

「や、やだ！　やだあ！」

「行きなさい！」

菜緒はうつむきがちに席を立ち、自分の部屋に入っていった。耳に障るテレビを消し、茅乃はソファに腰を下ろした。ふ、ふ、と弾む呼吸が次第に落ち着いていく。

体を取り巻く嵐のような怒りが急速に霧散し、愕然とした。

テーブルには手つかずの料理が残っている。どうしてだ。私はあれを、菜緒に食べてもらいたかったのに。菜緒も、食べようとしていたのに。苦労をして出かけ、好物を買って、用意したのに。

泣き出した菜緒は、ずるいのではなくかわいそうだった。遅くまで勉強して、お腹を空かせて帰ってきたのだ。頭がずきずきする。深呼吸をして、痛み止めを飲んだ。居たたまれない気分で廊下を歩き、菜緒の部屋へ向かう。扉越しに、すすり泣く声が漏れ出ている。

ノックをして、扉を開ける。菜緒はベッドに入り、こちらに背を向けて蛹《さなぎ》のように掛け布団を自分の体に巻き付けていた。

「ごはん食べな……」

さい、と続けられず、茅乃は布団のふくらみを見つめてリビングに戻った。痛み止めが効くまで、とにかく休むことにする。落ち着かなければ、菜緒が出てきてもまた口論になって終わりだ。ソファに横たわり、目をつむる。

そのまま、短く意識を失っていた。小さな話し声で目を覚ます。どうやら良輔が帰宅したようだ。玄関の方で、菜緒となにかを話し合っている。良輔は少し呆れたような、うんざりした口調で言った。

「そんなこと言ったってしょうがないだろ、病気なんだから」

良輔は病気という言葉を、ビョーキ、とまるで違う言葉のように発音した。これは聞かない方がいい。茅乃は目をつむった。どうして生きているんだろう。わざわざ苦しい思いをしながら命を引き延ばして、菜緒を打ちのめして、今日もなにもできなくて、どうして。

私が早く死んだ方が、夫も娘も楽になれるんじゃないか。

踏み出した足が深みにはまり、頭のてっぺんまで真っ黒い川にこぽりと沈む。

癌が再発したばかりの頃、大学時代からの友人である森崎青子《もりさきあおこ》が、かつて彼女が有償ボランティアをしていたという教会に連れて行ってくれたことがあった。その教会は近隣のカトリック系の病院と提携し、週末に様々な病気の患者会を催していた。

【再発や転移をした癌患者をサポートする会があるみたいだけど、行ってみる？】

メッセージアプリを通じて届けられた慎重な呼びかけに、初めはあまり乗り気じゃなかった。ただ、ずっと落ち込んでいても暮らしていけないし、今後の生活について、なんらかのヒントが欲しくて参加した。

患者同士で体験を話し合い、当面の悩みや先々の治療について情報を交換する。穏やかで感じのいい会だった。再発したらもう終わり、ではなく、その先にも今までと同じ地平の日常が続くこと。余命は医者から伝えられるものではなく自分が決めるものくらいの心持ちでいた方がいいこと。再発した癌を治療しながら何十年も生き続けている患者の一人は、そんな風に語って周囲を励ましていた。最後は司会をしていた若い神父が病気と共存する生活のヒントにと聖書の一節を紹介した。神の子イエスは、孤独で苦しい人の同伴者になってくれるらしい。

二十代の頃に聞いても、ピンとこなかったと思う。しかし自分の死について幾度か考える時間を持ってきた茅乃は、人間の社会でなぜ宗教が必要とされてきたのか、漠然と想像できるようになってきていた。生きていると、シビアな山を登らなければいけない場面がたびたびある。同伴者が欲しくなるのはごく自然な心の動きだろう。

ただ、自分は同伴者よりもっとシンプルな――そうかこのために生まれてきたのか、と肚《はら》に落ちる、納得のようなものが欲しい気がした。強く握れる、硬質でわかりやすい実感がいい。

患者会を終え、ステンドグラスが美しい礼拝堂で青子を待った。静かで素敵な場所だった。日野原茅乃、大橋茅乃、菜緒ちゃんのママ、大橋良輔の妻、癌で闘病中の患者――日頃いくつも重なって輪郭をぼかしているフィルターがぎゅっと収束され、久しぶりに確かな質量を持つ、ただの一人に戻れた気がした。


前を見ているつもりだったのに、ふっと瞼が持ち上がった。

目の前のテレビには、先日動画配信サイトで公開されたばかりの宇多田《うただ》ヒカルのライブ映像が映されている。また自宅のリビングだ。私はここから出られない。この人生から。

「おはよう」

そばの一人掛けソファには、青子がリラックスした姿勢で座っていた。

「ごめん、寝落ちしてた」

「お疲れなんだよ、寝てな寝てな」

軽く言って、青子はマグカップに残るミルクティーに口をつける。体を起こそうと腕に力を込めた茅乃は、薄い頭痛を感じて再びクッションに頭を預けた。青子は、気力を使って元気そうにふるまう必要のない相手だ。そう判断してふと、自分が菜緒や良輔の前では多少なりとも虚勢を張っていることに気づいた。結婚するときは共働きでがんばろうって相談していたのに、今では毎月結構な額の医療費を良輔ひとりに負担させている。菜緒の前ではなるべく一貫した、母親という存在を維持し続けなければならない。

「茅乃」

日野原茅乃は子供で、不自由だった。大橋茅乃にはたくさんの役割が付随していた。菜緒ちゃんのママ、大橋良輔の妻は喜びであると同時に多大なエネルギーを要する責務だ。癌で闘病中の患者——それは状態であって、自分ではない。

「青子」

「はいよう」

「もっかい呼んでおくれよ」

「なにを？　名前を？」

「うん」

「茅乃」

「もっかい」

「えー。茅乃。付き合いたての恋人かよ。良輔さんに呼んでもらいなよ」

良輔さんにはもう、病気で錯乱した、まともな会話のできない相手って思われてるよ。口には出さず、習慣的に茅乃は笑う。

「付き合いたての恋人や、長い付き合いの夫に名前を呼ばれて、こんなに楽な気分になるもんか」

「楽になるの？」

「うん。青子に呼ばれるとこう、すごく複雑で辛いなって思っていた感じがすっきりする」

「茅乃」

「ありがとう」

「こんなのいくらでもだよ。何回でも呼ぶよ」

ただの「茅乃」として友人に名を呼ばれると、礼拝堂で一人きりになった時と同じように、どんな役割にも切り取られていない、完全で自由な自分を認識できる感覚があった。呼吸が深くなり、心地よく寝返りを打つ。

「そういえば菜緒ちゃんは元気？　そろそろ受験だよね」

なにげない問いかけに返事ができず、茅乃は短く黙った。

青子は、誰よりも気楽に側にいられる大切な友人だ。だけど友人には友人の人生があり、だからこそ話しにくいこともある。

かつて生まれて間もない子供を亡くし、その存在をずっと自分の中で生かし続けている青子に対して、茅乃は「子供と一緒にいてつらいことがある」などといった悩みを口にすることができなかった。

青子がまるで自分の核のように深く子供を抱き続けていられるのは、死んだ子供だからだ。生きている子供は毎日、毎日、傷つけ合ったお互いの体から血がしぶくかと思うほど、他人だ。そんな残酷な感想を持つことすらあった。青子の生き方が間違っているとはもちろん思わない。そうやって生きることを選んだのだと思うし、少しでも楽に、幸せに生きていってほしい。

ただ、自分の人生とは違う。違うということは、どうしようもない。

「うん、もう受験……大変」

「そっか」

なにかしらの含みを感じたのだろう。青子はあっさりと頷いて、それ以上追及してこなかった。

「腰、今も痛い？」

「うん」

「さすろうか」

「お願い」

いよっと、とコミカルなかけ声とともに青子は腰を浮かせ、茅乃が寝そべった二人掛けソファの空いたスペースに座った。茅乃の腰にてのひらを当て、ゆるゆると円を描くように撫《な》でる。

「きもちいい」

「おお、よかった」

「また眠くなるわ」

「眠ってもいいよ」

「でも、もう少ししたら夕飯の支度しなきゃ」

「出前とか取っちゃえば？」

「うーん……私が通院する日は、良ちゃんが菜緒に夕飯を食べさせてくれるんだけど、やっぱり仕事帰りに買える手軽なものってなると、ピザとかハンバーガーが多いんだよ。成長期だしね、普段の日は、なるべく栄養のあるもの出したい……ああ、宅配ボックスに届いてる水も、運ばなきゃ」

「いやいや、腰痛めるから。水を運ぶのは良輔さんに頼むか、せめて菜緒ちゃんが帰ってくるのを待って、手伝ってもらいなよ」

「菜緒に手伝いなんて……」

頼めない、と思う。頼みたくない。ゆるく首を振って言葉を濁すも、もう青子は受け流さなかった。

「もう十二歳でしょう。ちょっとした手伝いくらい、頼んでいいと思うけど」

「そうだね……そうだけど……」

あわあわと言葉を探す。忌避《きひ》感の輪郭をとらえるのが難しい。

「……だって、だってさあー」

眠気にあらがい、まばたきをする。友人がそばにいる、明るくて安心できるリビングの景色に暗い川面がすべり込む。冷たい水に締めつけられて体が軋《きし》む。潰れそうだ。

「私がいなくなったら、その先あの子は……父親が残業する日は、自分で自分のごはんを用意するんだよ。私が生きている間くらい、子供のままでいさせたいよ」

川を歩いて進む自分は、背中に菜緒をおぶっている。濁流に飲まれかけながら、足元のたしかな橋を歩く、他のたくさんの親子を見上げている。自分が川を歩くことはもう仕方ない。ただ、自分のもとに生まれたせいで菜緒にも同じ恐怖を味わわせている。それが本当に後ろめたい。

青子はしばらく黙っていた。いつしか止まっていた手を動かし、また茅乃の腰を撫で始める。

「茅乃は菜緒ちゃんを、かわいそうだって思うんだね」

「……そうだね、思うよ。青子だって、思ったでしょう」

だからこそ、友人は小さな赤ん坊を今も自分の中で生かしているのだ。目を見返すと、青子はゆっくりとまばたきをした。日が当たって白くかすむ、遠い水平線のような、淡く静かな顔をしていた。

「もう、あんまり思わない。なんかね、わかったんだよ。私が変えられるのは自分の運命だけなんだ。子供の運命はそれがどんなものであっても、その子が一人で背負うしかない。親ができるのは、それを全うする姿を褒める……褒めるっていうか、もう、敬意を持つとか、そんな感じだよね。うん、私はなぎさに、敬意を持ってる。あとは自分が、自分の運命をなんとかする姿を、見てもらうぐらい……」

菜緒ちゃんは大丈夫だよ、と青子は続けた。

「しっかりした子だよ。茅乃がずっと長生きするって信じてる。でも、もし万が一離れざるを得なくなっても、あの子は毎日ちゃんと生活して、育って、大人になるよ。なんにもかわいそうじゃない」

「私は菜緒を、傷つけてる。最低だよ。さっさといなくなった方がいいくらい」

「負った傷は、大人になったら自分で治すよ。私たちだってそうだったじゃないか。ちゃんと大人になるよ。だから菜緒ちゃんをどうにかしようとするんじゃなくて、茅乃は自分を満たすことを考えて生きた方がいいよ。好きなことをしたり、どこかに出かけたりさ。楽しそうにしてるお母さんを、きっと菜緒ちゃんも見てるよ」

帰り際、青子はマンションの宅配ボックスに寄って、通販で購入した水が入った段ボール箱を、茅乃の家の備蓄棚まで運んだ。

「おっも！　こんなのを腰痛の人が運ぼうとするなんて馬鹿みたい。次からは、ちゃんと周りに頼りなよ」

「そうだねえ」

難しいけどまあ、なるべくね。

苦笑いを浮かべ、茅乃は青子を送ろうと一緒にマンションのエントランスへ下りた。暮れていく黄金色の空の下、春らしいリネンのシャツワンピースの裾を揺らして遠ざかる友人の背中へ、大きく手を振った。

旅行に行きたい、となかなか言い出せなかった。

ただでさえ医療費がかさんでいるし、菜緒の受験もあるし、家のことすらまともにできないのにと、元来の趣味だった遠出を意識すらせずに控えていた。

でも青子が帰ったあと、茅乃は無性に海が見たくなった。広々とした水平線が伸びる単調な景色をじっと、時間を気にせずに眺めていたいと思った。

足腰が萎《な》えていて一人だと不安だからついてきて欲しい、と家族に頼んだ。今はちょっと忙しい時期で、と良輔は難色を示したものの、職場との交渉がうまく行ったようで数日のうちに「調整できたよ」とオーケーしてくれた。菜緒は勉強がひと休みできると喜んでいた。

良輔と交代で車を運転し、久しぶりに温泉が出る海辺の旅館に泊まった。荷ほどきをして、三人で家族向けの貸切風呂に入り、館内の土産《みやげ》物屋を菜緒と冷やかす。家を離れるとずいぶん気分が良くなり、足が軽く感じられた。砂浜へは家族で一度、一人で二度行った。幸いずっと晴れていて、白っぽく眩《まばゆ》い空と青鈍《あおにび》色の海が彼方で交わる、一番好きな景色を見ることができた。

日が暮れたあとは、地元の魚介類がふんだんに使われた部屋食をとった。大人二人でビールの中瓶を分けた。菜緒は橙《だいだい》色が鮮やかな瓶のオレンジジュースを楽しそうにコップに注いで飲んでいた。

食後に一服し、せっかくだから貸切風呂だけでなく大浴場にも行ってみよう、と茅乃は腰を浮かせた。

「あ、私も行きたい！」

旅館に備え付けられた子供用のピンク色の甚平《じんべい》を着た菜緒が、急いでタオルハンガーから自分のタオルを取ってついてくる。

「おっぱいじろじろ見てくる人がいたら、前に座って隠してあげる」

「えー、大丈夫だよ。誰も見ないし、ママはそういうの気にしません」

軽い嘘をついて笑いながら、浴衣と甚平を脱いで浴場に入る。タイミングよく、他の利用客の姿はなかった。二人とも貸切風呂で頭と体は洗ったため、かけ湯をしてすぐに茶褐色の湯に体を沈めた。菜緒は両腕を広げて動かし、泳ぐようなそぶりを始める。

「貸切風呂より色が濃いねえ」

「底が深くて、お湯の量が多いからそう見えるんじゃない？」

「あ、目に入ると染みる！　うわ、顔にかけちゃった」

「落ち着いて。シャワーで流しておいで」

慌ただしく洗い場へ向かう菜緒を横目に、壁に貼られた温泉の説明書きを確認する。どうやらここの温泉は、ヨウ素がたくさん含まれる塩化物泉らしい。美肌に効果があり、湯冷めしにくい。塩分濃度が高いせいか、海水のように少し体が浮く感覚があった。浴槽の底に頑張って尻をつけるより、浴槽の縁に両腕を乗せてうつぶせに体を伸ばした方が姿勢が安定する。腰に負担がかからず、楽だ。

海に向けて広く設けられた大浴場の窓からは、月が見えた。満月まであと一息というところまで膨らみ、清潔な光を放っている。

「菜緒もやってごらん。体がぷかぷかして気持ちいいよ」

「うん」

娘が隣で同じ姿勢をとり、白い体を茶褐色の湯に伸ばす。素直でかわいい子供。まだ親に愛されたいと思っている子供。あんなに自分を苛《さいな》んだ母親の、歓心を買おうとしている。不自由な子供。塩辛い湯が目に入った気分で、茅乃はまばたきをした。

いつか、娘の人生は、母親への憎しみを自覚することから始まるのだろう。——元気でいてほしい。ずっと、ずっと。

まもなく、ふくっ、と押し殺した笑い声が上がった。

「なによ」

菜緒は我慢できないとばかりに口元を押さえ、背中を痙攣《けいれん》させている。

「ママも私もお尻だけ浮いて、月がふたつ並んでるみたい」

目を向けると、その通りだった。

傍らの月をぺちんと叩き、茅乃は湯を波立たせて笑った。

ひとやすみ

梅が咲いていた。まだ二月だった。

本当は梅を一枝、届けたかった。コップに挿《さ》したらちょうどよさそうな、七つほど蕾《つぼみ》をつけた白梅の小枝が花屋の店先で売られていたのだ。過去に、これから見舞う友人と連れ立って出かけた臘梅園《ろうばいえん》の景色が思い出された。あの心地よさを、一緒に反芻《はんすう》したかった。

しかし、香りの強い花は他の入院患者の迷惑になるかもしれない。少し迷って、森崎青子《もりさきあおこ》はデパ地下の和菓子屋で梅の花の形の練り切りを買った。友人が食べられなかったら、それはそれでいい。見て、少しでも面白がってもらえたら充分だ。ついでにカットフルーツの盛り合わせも買った。高い店を選んだおかげで、オレンジもイチゴもキウイも果肉がぷるりと張っている。友人はフルーツが好きだ。上野のアメ横で、串刺しフルーツを何度も一緒に食べた。学生の頃から「これにする」と彼女が指差すお茶やお酒には、たびたび果汁が入っていた。

病室は四人部屋だった。入り口のネームプレートによると、窓側に設置された二床のうちの一つ、白いカーテンでくるりと囲われた方が友人のベッドだった。ぷしゅう、ぷしゅう、と布の向こうからかすかに空気が抜けるような音がする。なんらかの処置の最中だろうかと、ためらいつつ声をかけた。

「茅乃《かやの》、青子です。いま大丈夫？」

すぐに「おおー」とのんびりした声が返った。

「いいよー大丈夫よー。カーテンめくって入ってきて。菜緒《なお》、なーお」

カーテンを手でのけて、青子は区切られた空間へ入った。窓から日が差していて、中は明るかった。茅乃はスモーキーな水色に白い小花柄が散ったパジャマ姿で、上半分が起こされたリクライニングベッドのマットレスに背中を預けていた。胸元にはページを開いた文庫本が伏せてある。茅乃の両の膝から足首までは、なにやら分厚いバンドのようなものが巻かれていて、そのバンドが数秒ごとにぷしゅうとふくらみ、ぷしゅうとしぼむ。マッサージ機みたいだ。

そしてそのマッサージ機と文庫本の間、ちょうど茅乃の腰のあたりに、女の子がしがみついていた。窓に背を向け、ベッド横の丸椅子に腰かけた彼女は、茅乃の娘の菜緒だ。幼児の頃に何度か会ったきりだったが、茅乃と同じ丸くかわいらしいおでこと穏やかで芯の強そうな瞳は変わっておらず、青子にはすぐにわかった。中学生――いや、もう高校生になっただろうか。こしのある長い黒髪をぎゅっときつめのポニーテールにして、たんぽぽ色のケーブルニットに白いシフォン素材のプリーツスカートを合わせている。

菜緒は緩慢なまばたきをして青子を、続いて、茅乃を見上げた。頬にうっすらとあとが残っている。少し前まで、母親の体に頬を押しつけて眠っていたのかもしれない。

「菜緒、そろそろお昼ごはん食べておいで」

「うん……」

「プリンアラモードも注文していいよ」

「はあーい」

茅乃にうながされ、菜緒は素直に立ち上がった。すれ違いざま、青子にぺこりと会釈《えしやく》をして病室を出て行く。

「菜緒ちゃん、おっきくなった。かわいいね。おでこが相変わらずそっくり」

「ふふ、どうも。四月からやっと高校生だよ。長かったわあ」

「中高一貫だよね？　なにか変わるの？」

「なにも。変わるのは上履きの色くらいかな。毎日ぴょんぴょん、元気にバレーボールやってる」

「昼寝中のところ起こしちゃって、タイミング悪かったね」

「ううん、食堂のランチタイムも終わっちゃうし、そろそろ起こさなきゃって思ってたんだ」

「茅乃は、お昼は？」

「もうすませたよ」

「なに食べたの？」

「んー、ナポリタンとサラダ。あんまりおいしくなかった」

口をとがらせ、肩をすくめる。食欲がわかないのはメニューのせいだと言いたげだ。減塩など、なんらかの配慮がされていて、病院食が口に合わないのだろうか。

「じゃあちょうどよかった」

梅花の練り切りとフルーツの盛り合わせを取り出すと、茅乃はぱっと目を丸くした。

「おお、きれい」

「食べられそう？　今じゃなくても、もちろんいいんだけど」

「オレンジもらおうかな」

「はいはい」

カットフルーツのパックに添えられた小さなフォークを使って、茅乃は色の濃いひと切れを端から少しずつかじり取った。

ぷしゅう、とまた友人の足を包んだバンドが気の抜けた音を立てる。

「これどうしたの?」

「いやー腰が痛くて手術したんだけど、なんか血行悪くなっちゃって。血栓予防で、押し上げてるの」

「あ、やっぱりマッサージ機なんだ」

「そうそう。菜緒が面白がって、ずっとほっぺた当ててる」

友人の穏やかで明るい声を聞きながら、よかった、思ったより元気そうだ、と青子は口に出さずに思った。

茅乃が入院するのはこれで何度目だろう。癌の治療のための入院もあれば、今回のような痛みやトラブルへの対処など、他の理由からくる入院もあったようだ。しかし最近はずっと大丈夫そうだったし、ときどき一緒に映画館で新作映画を観たり、駅前のホールで落語を聞いたりもした。遠出は無理をさせてしまいそうで、近場で遊ぶことが多かったけれど、それでも楽しかった。

去年の秋には大学の合気道部の同期だった友人二人も加え、横浜港近くの新しいカフェで、停泊している美しい船を見ながらパンケーキを食べた。フルーツバターと希少な蜂蜜がふんだんに使用されたそれは、スイーツ巡りにはまっている友人のうちの一人のおすすめで、とてもおいしかった。帰りに中華街で、はしゃぎながら点心を買うのも忘れなかった。

青子も他の二人も、もう茅乃はずっと元気なんじゃないかと思い始めていた。だから一月の終わりに再び入院したという話を聞いて、驚いた。

「体は、今もどこか痛いの？」

「や、今は痛みどめが効いてるから大丈夫……ああでも、ちょっと頼んでいい？」

「いいよ、なに？」

「手が痺れるんだ。揉んでもらってもいいかな」

「もちろん」

青子は菜緒が使っていた丸椅子に座った。差し出された茅乃の左手をとる。爪が楕円形に整えられた、細長い手だ。触るとひやりと涼しい。色が薄く、そのせいか手の甲の青紫色の静脈がよく見えた。

ああ茅乃の手だ、と両手で持ちながら青子は染み入るように感じた。合気道は一方の手首をつかんで押したり引いたりすることで始まる技がとても多い。大学で過ごした四年の間ほとんど毎日触れ続けていたため、茅乃を含めた同期の手は、手首の感触も、てのひらの厚さも、指先の動かし方も、漠然と手が覚えている。

てのひら中央のくぼみに親指を当て、まず何度か位置を変えて小刻みに押し込んだ。続けて親指のつけ根の柔らかい丘、手首周り、人差し指から小指のつけ根へと、少しずつ指をすべらせていく。次第に茅乃の指先の力が緩み、ふにゃりと丸くなった。

「きもちいい」

「よかった」

「微妙にピリピリしてやだってくらいだから、あんまり何回も看護師さんにお願いするのも悪くてさあ」

「反対の手も揉もうか」

「お願い」

揉んだ方の手は、わかりやすく血色がよくなる。嬉しくなって、青子は右手も丹念に揉んだ。

「そういえばこのあいだ、ゲンゲンと卓《たく》ちゃんが来てくれたよ」

「ん、元気にしてた?」

ゲンゲンと卓ちゃん――横浜に一緒に行った同期の二人とは、茅乃の入院について連絡を交わし、初めはみんなで見舞おうかという話もあったのだが、スケジュールが合わなかった。茅乃はくくくと楽しそうに喉を鳴らして頷《うなず》いた。

「二人で並んで狭そうに椅子に座って、そわそわしてて面白かったよ。ゲンゲンおすすめの、底にザラメが入った高そうなカステラ持ってきてくれた」

「卓ちゃん離婚したんだよね？」

「そう！　驚いたー。でも、奥さんと仲が悪くなってって感じじゃないみたいよ。四月から、上の子はこっち来て卓ちゃんと暮らしながら、都内の私立中学校に通うんだって」

「じゃあ、話し合って、お互いの生活のためにって感じか」

「卓ちゃんが離婚なんてもう」

「ね、うちらの中で一番結婚に向いてそうだったのに、わかんないもんだねえ」

「青子は最近どう？」

「まあ、なんとか暮らしてる」

実際は、なかなか厳しかった。勤め先の一族経営の学習塾は相変わらず風通しが悪く、運営する意志も能力もない上司のもと、理不尽な指示を出されるのが当たり前になっていた。一時は順調だった翻訳業も、いい案件を振ってくれていた翻訳会社と縁が切れてしまい、労力と対価が釣り合わない仕事が続いて辛くなっている。四十を過ぎて、そろそろまた働き方を再構築しなければと考え始めたところだ。——でも、なんとかなるだろう、していこう、と思っている。

「少し前に出た、蝶の絵本読んだよ」

「えっ、ありがとう。言ってくれれば送ったのに」

去年翻訳した、熱帯雨林で生きる蝶の絵本だ。芋虫でいたかったのに、さなぎになってしまう。さなぎでいたかったのに、蝶になってしまう。意志とは関係なく大きく変化していく体にとまどう蝶は、熱帯雨林で出会った仲間たちとの交流を経て、自分の中の変化する部分と変化しない部分を理解し、初めて自分の体を美しいと思う。そんな小学校高学年向けの作品で、蝶の意識の変化に伴って、背負った翅《はね》がどんどん鮮やかに輝くよう描かれているのが素敵だった。

「青子って感じがした」

「いやいやとんでもない、絵本作家さんの作品だよ」

「そうなんだけど、なんだろう、蝶の声が生き生きしててさー。南米の絵本作家さんが作り出した蝶を、こんなに生き生きとした日本語でしゃべらせることができるのは、青子だからなんだろうなって思った。青子が、ちゃんと、あの蝶の気持ちの核心をわかっているから」

「ありがとう。嬉しいよ」

「ううん、良かった。いい本だった。私も翅あるぜ！　って思えた」

「茅乃はいつだってスーパー素敵よ。きらっきらのモルフォチョウよ」

いつもふざけた言い方になるけれど、青子は本当にそう思っていた。茅乃の病状が特に深刻だった一時期、自分の娘に辛く当たってしまう、とうめくように告げられた日ですら、彼女のことが好きだった。

しゃべりながら揉み続け、やがて茅乃の手は両方とも温かそうな薄紅色になった。

「どうかな？」

「いい感じ。ありがとう」

手を握っては開きを繰り返し、茅乃はなにげなく青子の手首をつかんだ。伸ばした人差し指のつけ根に力を集中させ、ぐぐぐっと手首に技をかけてくる。脈部と呼ばれる弱い箇所を的確に圧迫され、激痛に青子はうめいた。

「イタタタタタやめてやめて技かけないでええ！　ばか、ばかやろうっ」

「んふふふふ」

「ねえもう私たちアラフォーだし、いきなりこういうのやめよ？　一般社会に適応しよう？」

「手を触られたらうずうずしちゃった」

「やばいよそれ」

青子の手首を解放し、茅乃は満足げに体の力を抜いた。マットレスに背中を預ける。

「詳しい技名とかは忘れたのに、こうすれば技が極《き》まるっていう感覚は忘れないもんだね」

「茅乃の技、一番痛いんだから勘弁してよ」

「青子の技は、力の伝わり方が真っ直ぐで、癖がなかったね。ゲンゲンは凝り性で、いかに威力を上げるかみたいな独自研究してて、後輩の男子に人気だった。卓ちゃんは、けっして技がゆるいわけじゃないのに、投げ方とか締め方とかが柔らかくて、受けるときに変な痛みが全然なかった」

学生の頃の、そして大人になってからの薄明るい道場の景色が思い出され、青子は頬が緩んだ。いいことも悪いこともあったし、好調な時間よりも大変な時間の方が長かった。それでも。

「楽しかったね」

茅乃が続けた。口に残った餡子の味でも確かめるような、落ち着いた声だった。

青子は急に、友人はもう道場へ戻らない、戻れない自分を受け入れたのだと感じた。両腕を開き、慎重に彼女の体へ回す。小花柄のガーゼ生地のパジャマと、肉の薄い首筋が目の前にある。茅乃も少し遅れて、抱擁を返してくれた。

「三日くらいお風呂入ってないからくさいかもよ」

「平気ですよ。茅乃、あのね」

舌のつけ根で一瞬とまる。その言葉を、ぐっと押し出した。

「大好きだ。会えて本当に嬉しい」

「へへえ……照れる」

「あのね、さっきの蝶の話、茅乃もいるんだよ」

「え？」

「蝶を生き生きとしゃべらせる私の中には、茅乃もいるの。茅乃と一緒に年を取らなかったら、あの蝶はきっと、まったく同じようにはしゃべらなかったの」

「青子の中に、私が？　……なぎちゃんみたいに？」

青子が十数年前に亡くし、以来ずっと自分の中で生かし続けている子供の愛称を、茅乃は当たり前のように口にする。青子は少し笑って首を振った。

「なぎは、本当に私の一部で、くっついている感じ。私の中にいるのは同じでも、茅乃やゲンゲンや卓ちゃんは少し遠いの。遠いから、光って見えて、励まされる」

茅乃はしばらく黙っていた。青子は体を離し、丸椅子へ座った。なんだか恥ずかしくなって、目が合わせられない。すると茅乃がぽつりと言った。

「いつか、菜緒が大人になって、困っていて、そのときにもし私が彼女のそばに居なかったら……蝶の絵本を渡して、今の話をしてくれる？　この中にママもいるんだって」

「わかった。そうする」

茅乃はうつむき、静かに泣き始めた。声を抑え、嗚咽《おえつ》をこらえて、しばらくの間、涙だけあふれさせていた。青子はベッド横の床頭台《しょうとうだい》に置かれたティッシュ箱から数枚を引き抜き、彼女に渡した。

「ああやばい、菜緒が帰ってきちゃう。冷蔵庫から、なにか飲み物取って」

深く息をつき、ティッシュで涙を吸い取った茅乃は、青子が手渡した緑茶の缶とオレンジジュースの缶を横向きに当てて目を冷やした。急にロボっぽい見た目になった友人に噴き出しながら、これ以上の長居は負担になる気がして、青子は帰り支度をした。

「また来るね」

「うん、じゃあね」

気の抜けた顔で笑う友人に手を振り、青子はカーテンを閉めた。

エレベーターホールへ向かう途中の談話室で、菜緒を見かけた。菜緒は窓際の椅子の一つに座ってうつむいていた。泣いていたのか、目が赤い。そばに女性の看護師がしゃがんで、話しかけながら彼女の背中を撫《な》でている。菜緒はいたわりを受け取りかねている様子で、ぎこちなく首を振った。

よく似た親子だ。お互いに、お互いの前では泣きたくないと思っている。悲しみをさらけ出したら崩れてしまうなにかが、母親と思春期の娘の間にはあるのだろうか。

その不思議な景色を、青子は遠い、よく晴れた日の水平線を前にした心地で眺めた。爽やかで、美しくて、さわれない。

でも、それにふれなかったからといって、自分の人生が欠けているとは思わない。喜びも悲しみも、抱えきれずに腕からこぼしてしまいそうなくらいたっぷりとある。青子は黙ってその場を離れ、エレベーターのボタンを押した。

数日後、茅乃から退院したという連絡が入り、青子は胸を撫でおろした。

春期講習と新学期の準備でしばらく忙しいが、一息つける五月になったらまた遊びに誘おう。そんな風に考えて仕事に集中した。今年も眠気を誘う甘い幻のような桜が咲き、期待と警戒で頬を硬くした新しい子供たちがやってきた。引き締まった若い体に、膨大な未知の人生がはち切れんばかりに詰まっている。生きるって大変だ、と青子は子供たちのみずみずしいいつむじを見て、ため息でもつきたい気分になった。

四月の中旬に、見慣れない番号から着信があった。折り返すと、男性の声が応じた。茅乃の夫の良輔《りょうすけ》だった。彼は疲れのにじむ掠《かす》れた声で、茅乃が亡くなったことと、通夜の日程を告げた。

オレンジをひと切れだけ、少しずつ、かじり取るように食べていた。

記憶を整理するようなしゃべり方。

病室に戻らず、談話室でひっそりと泣いていた菜緒。

振り返れば、思い当たる点はいくつもあった。どうして自分は茅乃の退院を容体の好転だと、安易に思い込んでしまったのだろう。

言ってくれたらよかったのに、と悔やむ気持ちがわく。言ってくれたら、どれだけ忙しくても仕事をやりくりして会いに行った。また来るね、だなんて半端な約束ではなく、きちんとお別れができた。

いや、と打ち消す声が胸で響く。容体を明かさなかったのは茅乃の意志だ。自分と彼女の間に隠しごとなんてと思うこと自体、傲慢だ。きちんとしたお別れなど、茅乃は聞きたくなかったのかもしれない。それとも、病院で縁起の悪い話はしにくいな、もしも青子が家に来たら言おうかな、ぐらいの気持ちだったのかもしれない。

わからない。そんな他愛《たわい》もない質問の答え、その人しか発せられない眩《まばゆ》い答えを、もう永遠に得られないのが亡くすということだ。どれだけ親しくても、長く一緒に居ても、その人を完全に知ることはできない。こうだろう、と思った像から、実際のその人の在り方はいつだって少しずれる。ふたしかで、揺れて、矛盾して——だからなんどでも会いたくなる。会い足りる、ということがない。

「青さん」

ひそやかな呼びかけを聞きとめ、青子はまばたきをした。いつのまにか隣に座る花田《はなだ》卓馬《たくま》がこちらを覗き込み、肘に手を添えていた。細い煙が立ちのぼる二つ並んだ焼香台へ、一緒に行こうと動作で誘われる。卓馬の奥の席では、すでに焼香を済ませた安堂玄也《あんどうげんや》が着席するところだった。玄也はほとんど感情のうかがえない、硬く白っぽい顔をしている。

青子は立ち上がり、卓馬と並んで遺族席に一礼して、焼香台に向かった。目の前の祭壇には白菊に埋もれるようにして、微笑んだ茅乃の遺影が飾られている。旅行先で撮った家族写真を切り抜いたものだろうか。リラックスした、自然な笑顔だ。髪が長く、栗色だ。ということは発病する以前、十年以上前の写真か。

自分と、卓馬と、玄也がいるのに、茅乃がいないなんて変だ。頭の一部でエラーが起こったみたいに繰り返し思う。変だよ、変。

うまく考えられない。抹香《まっこう》をつまむ。何回落とせばいいんだっけ。わからなくなって、卓馬の手元を覗いた。

式場は重苦しい空気に包まれていた。早すぎる死に、参列者の多くが沈痛な顔をしていた。

親族、友人、仕事関係者、菜緒の学校の友人など、百人ほどが訪れて焼香した。参列者がもっとも案じ、目を向けたのは制服のブレザー姿で参列している菜緒だ。しかし当人はまだ事態をつかみきれていないのか、大人たちの深刻なお悔やみに困ったように笑って、機械的に頭を下げることを繰り返していた。そわついて、葬儀にも自分自身にもまるで集中できていない様子が、かえって痛ましかった。

三十人ほど残った通夜ぶるまいの席で、同じテーブルについた喪主の良輔が場を持たせるよう話を振った。

「茅乃がいつも持ち歩いてたスカーフやハンカチを棺に入れたんですよ。枕元にずっと置いてた小さなぬいぐるみも。そうしたら菜緒が、おかあさんがいつもつけてた指輪も棺に入れるって、めそめそして家に取りに帰ろうとして」

はははは、と周囲の大人たちからいたわりの混ざった笑いが上がる。青子の斜め向かいに座っていた菜緒は、不満げにちょんと口をとがらせた。この場で求められる役割を、わきまえている仕草だった。

「だって、すごく大事にしてたやつなのに、なかったらさみしがるよ」

「アクセサリーは持っていけないんだ。決まりなんだよ」

昔は酒瓶でも時計でも装飾品でも好きだったもんは入れちまえって感じだったけど、今はなあ、と親族らしい老人の一人が相づちを打つ。融《と》けたガラスが遺骨にくっついても、金属製品が燃え残っても、それはそれと扱われていた時代があったらしい。適当に耳を傾けていると、小鉢に入った海老しんじょをつついていた玄也が、さほど周囲に聞かせる気もなさそうな低い声でぼそりと言った。

「いっそ、白装束じゃなくて道着にすればよかったのにな。黒帯もばしっと締めてさ。守り刀なんかなくても、かやのんならあの世のどんな魔物も投げ飛ばすわ」

玄也の隣に座る卓馬がそうねと笑い含みに頷く。青子もほろ苦い気分で口角を上げた。自分のコップに烏龍茶を注ぎ足そうとして、菜緒がこちらを見ているのに気づく。どうしたの？　と目線で問うと、菜緒は幾度かまばたきをして、口を開いた。

「今の、白装束じゃなくて、なにって言ったのかなって……」

「あ、道着だよ、道着。ほら茅乃、さんがやってた、合気道の」

「あ……ああーそうなんだ！　森崎さんって、普通におかあさんの友達って思ってたけど、合気道を一緒にやってた人なんだ」

「うん。私と、あとこっちの花田くんと、安堂くんがそう」

てのひらで示すと、卓馬はどうもと目尻にしわを作って笑いかけ、玄也は心持ち目をそらしながら会釈した。菜緒も二人に向けて控えめに頭を下げた。

この二人と菜緒が顔を合わせ、お互いに気をつかっている光景はなんだかおかしい。茅乃もどこかでにやついている気がする。んふふふ、と聞き慣れた柔らかい声をたてて――あれ、と青子は蓮《はす》の天ぷらをつまんだ箸を数秒とめた。焼香台では動転して、茅乃を失った気分になったけれど、座ってゆっくりと口を動かしていると、よく知っている表情で彼女が笑う。意識の片隅で笑う。

「茅乃さんは、私たちの中で一番強かったんだよ」

そう口にしたら、菜緒は目を見開いた。ふわふわと大人たちのひたいの辺りを漂っていたまなざしが収束し、意思を宿して青子のそれと強く噛《か》み合う。

「え、おかあさんが？　男の人もいるのに？」

「そう。一番技が正確で、一番威力があった。茅乃さんに抑え込まれたら、この二人より体の大きい部員が力いっぱいもがいても、抜け出せなかった」

「……知らなかった」

それから菜緒は周囲に反応するのをやめ、お新香が盛られた小皿の縁に目を落として黙々と料理を口に運んだ。ねえ、と青子は胸で呼びかける。本当のお母さん、なんて不思議な像を、いずれ娘に探されることになるってわかってた？　茅乃はあの明るい病室で別れたときと同じ表情のまま答えない。だけど、いる。両腕を伸ばせば、抱き返してくれる。

会食を終え、斎場をあとにする前に、もう一度三人で葬儀会場へ向かった。通夜のときは人が多く、落ち着いて茅乃の顔が見られなかったため、最後に挨拶がしたかった。

葬儀会場には通夜ぶるまいの席で出されたのと同じ和食膳が一つ運び込まれていた。焼香台の一方は片づけられ、代わりに安置された渦巻き状の線香が真っ直ぐな細い煙をのぼらせている。

「かやのん、俺ら行くね。また納骨式のときに来るからね」

白木の棺に設けられた窓を覗き込み、卓馬はまるで生きている彼女にするように話しかけた。明日の火葬場がかなり遠く、大人数だと告別式後の移動に手間がかかるため、基本的に親族のみで集まりたいと事前に伝えられていた。続いて玄也が近づき、特になにも言わずに棺の側面をぽんと撫でて離れる。

青子も窓を覗いた。薄化粧をほどこされた友人は目を閉じて神妙に横たわっている。

こんな顔だったっけ、とつまずく感じがあった。ご遺体の顔はいつもそうだ。生きている人間は眠っているときですら、常になんらかの表情を浮かべている。他者に向けて、こうあろうと望む姿が放射されている。死に顔は本当に無防備だ。虫笑いをする以前の赤ん坊と同じ、澄み切った顔。それでも見つめ続けると、知っている茅乃の気配が丸いひたいの辺りから香った。

「お疲れさま。本当に、お疲れさま」

玄也にならって棺を撫でる。本当の茅乃、なんてわからない。きっと菜緒も、大人になるまで探したって見つけられないだろう。青子がわかるのは、茅乃が自分たちに見せたかった姿だけだ。よく笑っていた。ほどよくふざけていて、タフだった。愁嘆場《しゅうたんば》をきらった。そんな彼女が、意識のどこかにずっといる。

そして一日の間に葬儀会場や通夜ぶるまいの席で交わされた、深刻で悲痛なやりとりの数々を思い出した。――居心地悪かっただろうなあ。めちゃくちゃ頑張って、やっと病気と闘う時間が終わったんだ。気の毒にって泣かれるより、お疲れ、頑張った、かっこよかった！　って褒められたいよね。

「ゲンゲン、卓ちゃん、明日予定ある？」

斎場の駐車場で、玄也の車の後部座席に乗り込みながら聞いた。玄也は数年前に免許を取り直し、今は知り合いのアクアショップで週に二度ほど、水槽をメンテナンスする社員を乗せて関東近郊の取引先を巡るドライバーのアルバイトをしている。玄也はシートベルトを締め、助手席の卓馬と目を合わせた。

「俺はバイトないから大丈夫」

「卓ちゃんは？」

「普通に仕事だけどー……なに、なんかするの？」

「そっか、仕事か……いや、このまま三人でどっか行きたいなって。海の方とかさ。茅乃、やたらと海が好きだったじゃん。葬儀とは別に、うちらで茅乃のお疲れ会したい。一泊して、みんなでビール飲みたい。菜緒ちゃんのこととか良輔さんのこととか、色々心配だろうけど、うちらがのんきにどんちゃんしてたら、茅乃も息抜きに来ると思うんだよね」

三秒も経たないうちに「お疲れ会、いいっすね」と玄也がぼそりと言った。卓馬はタコみたいに唇を前に突き出した妙な顔で、スマートフォンをいじりはじめた。しばらくなにかを打ち込み、「しゃっ」と小さくガッツポーズをする。

「俺は通夜ぶるまいの寿司にあたって、高熱と吐き気で明日の午前中は半休とって病院行くことにしたから。よろしく」

「いいの？」

「こういう大事な日になんとなく仕事を優先して、あとで後悔したことがなんどもある。俺もかやのんにお疲れさま言いたい」

「じゃあ行こう」

玄也はウィンドーを開け、落ち着いた手つきで車を発進させた。桜を散らした暖かい風が車内を吹き抜ける。青子と卓馬はスマートフォンで今夜の宿を調べ始めた。

「ライトアップした観覧車が見えるホテル？」

「いいやん」

「あ、でも、こっちまで行けば明日の朝、灯台まで散歩できる」

ハンドルに片手を乗せた玄也が「あんま遠出すると卓ちゃんの明日の仕事が全休にならん？」と聞いた。

「そうなったら、下痢がとまらないんで午後も家で仕事させてくださいって連絡する」

「悪い大人がいる」

「も、年を取れば取るほど悪くなるね！　良くなる要素がない。ばりばり反抗期よ」

「反抗期の人、こっちは今なら宿泊者にワインのハーフボトルプレゼントだって」

「いいじゃないですか。ってか青さん、明日仕事は？」

「あ、やばい連絡しなきゃ……いや、よし、ミーティングない。午後遅くからだから大丈夫」

「そういや俺ら喪服だけど、どっかで服買う？　店見つけたら停まろうか」

「そうね。安いTシャツとハーパン買いたい」

「はいよ」

「メイク落とし買いたい。運転手さんコンビニもお願いします」

「はーい」

音楽をかけ、なるべくいつも通りに雑談しながら海を目指して進んでいく。

ふと、頬に薄い光が当たった気がして青子は顔を上げた。長く連なっていた街路樹が途切れ、頭上には雲一つない夜空が広がっていた。

黄金色の満ちた月が、車のあとをついてきている。

ぼくの銀河

昼休憩は川越《かわごえ》、とシフト表に書かれているのに気づいた先週から、この日をずっと楽しみにしていた。

川越。行ったことはないけれど、観光地であることは分かる。「川越　名物　菓子」で検索すると、すぐにいくつかの美味しそうな菓子を紹介するウェブページがヒットした。さつまいもを使った菓子が多いようだ。スイートポテト、さつまいもプリン、さつまいもクリームどら焼き、さつまいもアイス、芋けんぴ。なにを買おうかとわくわくしつつ、安堂玄也《あんどうげんや》はバイト先のスタッフ二名と共に、午前中だけで埼玉県内の歯科医院、保育園、ホテルが二軒、と計四件の得意先を回った。

回った、と言っても玄也の仕事は水槽のメンテナンスを行うスタッフを現場に送り届け、彼らの作業が終わるのを待ち、また次の現場に連れていくだけだ。玄也のバイト先は関東に複数の店舗を持つアクアショップで、金魚や淡水熱帯魚、水草、水槽の販売のほか、販売した水槽のメンテナンス業務も請け負っている。時々大型の機材の搬入など力仕事を頼まれることもあるけれど、基本的に玄也が接客をする場面はなく、運転中も特にしゃべらなくていいため、今のところさほど負荷を感じずに働けている。

ただ、ここ最近、後部座席の会話が聞いていていて少し息苦しい。

「だから、売れた分だけ発注する。セールの週は在庫を二割多く確保する。帳簿上の在庫と数が合わないと思ったら棚を確認する。それだけじゃないですか。なんでここでミスが発生するんですか」

「申し訳ない。商品の入り数を間違えたんだ」

「このあいだも同じこと言ってましたよね」

「申し訳ない」

何度も頭を下げているのは、関《せき》さんという体格のいい五十代のアルバイトスタッフだ。白髪頭を短く刈り込んでいて、笑いじわがある温和な目と突き出た腹がどことなくアザラシを連想させる。もう二十年近く店に勤めていて水槽の管理は誰よりもうまいが、事務仕事でのミスが多く、たびたび新入社員の酒井《さかい》さんに叱られている。新規出店が続き人手が不足しているとかで、会社としては勤務歴が長く他のスタッフからの信頼が厚い関さんを社員登用し、今いる店舗の副店長にしたいらしい。が、研修でなんらかのつまずきが生じているようだ。

とはいえ、週に二回彼らを乗せて運転するだけの自分が気にしても仕方のないことだ。あまり背後のやりとりを聞かないようにしながら、玄也は指定された川越の駐車場に「アクアショップ　竜宮城」とカラフルなロゴが塗装された軽自動車をすべり込ませた。

「十三時十五分再集合ですよね」

後部座席を振り返る。すると、端末片手に熱血塾講師みたいな顔で関さんを指導していた酒井さんがぱっと感じよく笑った。

「はいそうです！　安堂さんお疲れさまです。午後もよろしくお願いします」

酒井さんも、悪い人ではないのだ。一本気で情熱がある、溌剌《はつらつ》とした好青年だ。ただ、関さん昼めしちゃんと食えるといいなあ。そんなことを思いつつ、玄也は目についた牛丼屋に入った。手早く腹をふくらませ、スマホのマップアプリで現在地を確認しつつ、観光客向けの商店が並ぶ大通りを目指す。すると、すぐ近くのコンビニから出てきた関さんと行き合った。

「あ、安堂くん」

「お疲れさまっす」

「お疲れさま」

「昼めし食えました？」

「うん。車でおにぎり食べたよ」

「そうすか」

よかった、と少し思う。関さんは「酒井さんは、なんかこの辺に有名なパン屋があるから
そこに行ってみるって」と続けた。

「パン屋。へえー」

観光地の流行《はや》りのパンも少しそそられるけれど、母親がパン屋勤めで売れ残りをよく半値
で買ってくるため、玄也の家はパンが溜まりがちだ。どうせ買うならやっぱり甘味《かんみ》の方がい
い。チェックした店を探そうと、再びマップアプリに目を落とす。

「安堂くんはいつも休憩のたびにいなくなるけど、煙草でも吸いに行ってるの?」

「あ、いえ、買い物してます」

「出先でわざわざ買い物?」

「関東のあちこち、行くじゃないですか。それで、その場所の名物の甘いもんとか、よく買
います」

「へえ! いいな、休憩時間にささっと買いに行ってるのか。器用だなあ」

「まあ、地図はスマホで見られますし」

器用だ、なんて言われるほどのことだろうか。まあ、後部座席の会話から察するに、関さ

んはそれほど器用なタイプではないのだろう。スマホの機能も、あまり使いこなせていないのかもしれない。

「これから和菓子屋行くんですけど、一緒にどうですか」

「いいの？　じゃあ行こうかな。一人だと、集合時間に遅れるんじゃないかって不安でさ。車が見える範囲でしか動かないようにしてたんだ」

「めちゃくちゃ慎重ですね」

関さんを連れて、玄也は目星をつけていた和菓子屋に向かった。さつまいも菓子ばかり並んだ棚から母親が好きな芋けんぴを一袋と、ふかし芋が入った饅頭を三つ選んで購入する。

平日の昼だが、通りにはちらほらと観光客らしい若者や老夫婦の姿があった。関さんはうろうろと店内を見回り、小ぶりの芋ようかんを手に取った。

「電子マネー使えますかね」

レジの店員に、そう言ってスマホを見せる。あれ、と少し意外に感じて目が行った。

店員はハイ、とにこやかに頷《うなず》き、端末を取り出した。しかし関さんが何度スマホをかざしても、決済完了を示す電子音が鳴らない。

「あれ、すみません。ちょっと端末が調子悪いみたいで」

「ああ、そうですかー……」

急に関さんの動作がぎこちなくなった。スマホをしまい、ゆっくりした動作で財布を開く。札入れを探る指の動かし方で、札が入っていないらしいことがわかった。手持ちがないなら立て替えようかと、玄也は体の向きを変える。関さんは続いて小銭入れを開けた。いまにも留め具が弾け飛びそうなほどふくらんだその中には、大量の小銭が入っていた。百円玉らしき硬貨が十枚近く見える。

なんだあるじゃないか、と玄也は肩の力を抜いた。芋ようかんはせいぜい五百円ぐらいだ。おせっかいの必要はない。関さんの後ろに商品を手にした親子、さらに大学生っぽいカップルが並ぶ。

関さんは「あ、やっぱりやめておきます」と小さな声で言って芋ようかんを店員に返した。そそくさと財布をしまい、店を出る。玄也はあっけにとられて関さんのあとを追った。

「関さん、関さん」

店先から離れ、やっと関さんは足を止めた。苦々しい顔をしている。

「悪いなあ。連れてきてもらったのに」

「いや、それは全然よくて……もしかして関さん、とっさに細かい計算をするのとか苦手ですか。俺のばあちゃんが、そうだったんですけど」

関さんの小銭入れを見て玄也が思い出したのは、十数年前に亡くなった父方の祖母の、手提げ鞄に入っていた巾着袋だ。重たいだろうに、ぎっしりと小銭が入っていた。それを見つけたときは小銭貯金でもしていたのかと思う程度だったが、のちに母親から、祖母は若い頃から会計の際に必要とされる小銭を財布から選び出すのが苦手で、店員や他の客を待たせてはならないと焦るあまり、しょっちゅうお札で支払いを済ませ、大量の小銭を受け取っていたと聞いた。幼い自分にニコニコしながらデパートのフードコートでタコ焼きやかき氷を食べさせてくれた人が、そんな生きづらさを抱えて生活していたなんて気づかなかった、と衝撃を受けた記憶がある。

目の前の大きな背中が、少ししぼんだ気がした。関さんは深く息を吐いた。

「ゆっくりならできるんだよ。ただ、焦ると頭が白くなって、計算が頭から飛んじゃうんだ。後ろに他のお客さんもいただろう？　もたもたするの、悪いなあーと思って」

「そうなんですね。つか、電子マネーいいですね！　ばあちゃんにも使わせてあげたかった」

「おばあさん、もう？」

「だいぶ前に亡くなりました」

「そうかー惜しかったなー。ずいぶん便利だよ。コンビニでも、慌てなくなった」

関さんは眉を下げて少し笑う。玄也はスマホを取り出して電卓のアプリを起動させた。

「今、いくら時間かかっても平気なんで、小銭出してもらえますか。芋ようかん、五百七十円のやつですよね。税込で六百十五円。俺、買ってきますよ」

「いやいいよ、悪いよ」

「悪くないっす。うちの分も買います。ばあちゃんが懐かしくなったんで、仏壇にあげます」

「ええー……そうかー……」

関さんは背中を丸めて財布を開き、百円玉六枚と十円玉一枚、五円玉一枚を慎重につまんで玄也のてのひらに乗せた。玄也は先ほどの店に戻り、芋ようかんを二つ買って戻った。片方を関さんに渡す。

「ありがとう。娘の好物なんだ」

「娘さんいるんですね」

「うん。警官でね、白バイ運転してる」

「え、かっこいい」

ふいに関さんのスマホがビープ音を立てた。画面を確認し、音を止めた関さんは早足で歩き出す。

「まずい、十五分前だ。戻ろう。あれ、車どっちだっけ」

「こっちです、こっち」

急いで戻ったおかげで、五分前には車にたどり着いた。まだ酒井さんの姿はない。玄也は運転席に座り、弾む呼吸をなだめようとペットボトルのお茶を飲んだ。

「酒井さんに言わないいんですか？　その、苦手なことがあるって」

「うーん……」

後部座席についた関さんは鈍くうなって口をつぐんだ。本当に、なにげない疑問だった。しかしその言葉を転がした舌先からじわりと不快感がふくらみ、玄也は両手で顔を覆った。

「あー……すみません、なんか今の、違いました」

「え、なに。どうしたの」

「いや、俺……昔、具合悪くなって部屋にこもってた時期があるんですけど。そのとき色んな人からどうなってるのか説明しろって言われて、でも、そんな簡単に説明なんかできねえよって、いやだったのに、いま同じこと言いました。すみません」

「いやそんな……真面目！　さては真面目だな、安堂くん。うーん……実は社長の樋口《ひぐち》さんは、俺がこういうの苦手だって知ってるんだ」

「あれ、そうなんですか」

「昔、同じ店で働いてたんだよ。出来がよくて度胸もあったから、彼はとんとん出世してね。

今は店を増やすのに、人手が必要なんだろう？　新人の頃に世話になったし、俺が役に立てるなら、役に立ちたいって気持ちがあるんだ。それで、酒井くんにも早く伝えた方がいいのはたしかなんだけど……苦手だとだけ伝えたら、そうかこの仕事はできないのか、って先走って判断されちゃうんじゃないかって不安もあってさ。もう少し業務を自分の中で整理して、この作業ではこのアプリを使いたいだとか、この作業では最後にチェックしてもらう人を確保したいだとか、具体的な相談の準備をしてから言おうと思ってるんだ。まあ、本当に困ったら樋口さんに、セルフレジの次は自動発注システム入れてくれって頼んでみるよ」

ぼちぼちやるさ、と関さんは落ち着いた声で言った。

「安堂くんもぼちぼちな。そんなにいろいろ気にしてたんじゃ生きづらいだろう。また良い所で休憩があったら、買い物に連れて行ってな」

「うっす」

短くうなずき、玄也は少し考えて付け足した。

「なんか、こう、出先でささっと計算してほしい場面とかあったら、言ってもらえたら」

「ああ、ありがとう。気が楽になるよ。安堂くんも、店でなにか困ることがあったら……まあ、あんまりないか」

「いえ、あの……実は俺、グッピーのブリーダーの駒場さんみたいな、オラオラしてて怒ってくるタイプの人が、昔の上司に似てて、苦手で……急に緊張して、うまくしゃべれなくなるんです。このあいだ、それで余計に怒らせちゃって」

「駒場さん？　ああ、そういえば店のスタッフと間違われて捕まってたね。あの人は誰にでもああなんだよ。来店するたび、なにか一つくらい文句を言わないと気が済まないんだ。でもそうか……じゃあ二人きりにならないよう気をつけよう。もし俺がいないときに出くわしたら、関に呼ばれてるからって言って逃げちゃってな。話は合わせるから」

「助かります」

「申し訳ない、お待たせしました！」

慌ただしく酒井さんがやってきた。手に、こうばしい香りがする紙袋を持っている。

「すげえいい匂いしますね」

「ああこれ、なんか秩父《ちちぶ》の味噌をつかったパンってのがうまそうだったんで、あとで食おうと思って。メンテナンスの帰りって、遅いから腹減るじゃないですか。多めに買ったんで、みんなで食いましょうよ」

「おお、やった」

「あっざいまーす」

一回りも二回りも年上のアルバイトスタッフに囲まれて働く社員、という立場上、酒井さんは酒井さんで気をつかうのだろう。あのお坊ちゃんはなにも分かっていない、適当にあしらっておけばいいんだ、と関さんとは別のスタッフが揶揄《やゆ》している場に居合わせたこともある。玄也はエンジンをかけ、次の目的地をカーナビに表示させた。周囲を見回し、ゆっくりと車を発進させる。すると、背後から酒井さんが話しかけてきた。

「そういえば安堂さん、先週はすみませんでした」

「え……ああ、いや、別に」

先週って？ と関さんが口をはさんだ。

「土曜日の、アートアクアリウム展の設営です。本当は前から安堂さんは休みを申請してたんですけど」

「ああそっか、戸田《とだ》さんがノロだっけ、腹下しちゃったから」

「はい、それで、他のドライバーさんもつかまらなくて、安堂さんに出勤してもらったんです。予定があったんですよね。無理を言って、申し訳なかったです」

「大丈夫です」

「安堂くん、なんの予定だったの？ デートとか？」

「いや、デートはしないですけど……」

ああ、言いにくい。世の中には言いにくいこと、説明しにくいことばかりだ。信号が目前で赤に変わる。玄也は静かにブレーキを踏んだ。

「と、友達の、納骨式で……」

うえええっと後部座席で悲鳴が上がった。振り返ると、酒井さんはすっかり血の気の引いた顔をしている。しまった、と玄也は慌てて手を左右に揺らした。

「いいんです、ほんと！　通夜には参列したんで、なんていうか、ちゃんとカタはついてるっていうか、もうその人とは、墓行けばいつでも会えるんで」

「いやでも……本当にごめんなさい」

「俺がその日、仕事を優先しようって決めたんです。酒井さんが決めたんじゃない」

車内に気まずい沈黙が降りた。信号が変わり、多少ほっとした気分で玄也は車を発進させた。かすかとはいえ走行音がありがたい。

「ちなみに、どんなご友人だったの？」

のんびりとした口調で蒸し返され、心底驚いた。

「関さんそこに興味持つんすか！」

「いやだって、故人の話をするのが一番の供養だって言うだろう？　仕事のせいで安堂くんが納骨式に行けなかったなら、せめて話をして、供養のお手伝いをさ」

「あっ、そうなんだ……俺も聞きたいです。どんなご友人だったんですか」

どんな?

ゲンゲン、と自分を呼ぶ声が耳の奥で響く。よく茂った草の海を一陣の風が吹き抜ける、その、軽やかな葉擦れのような音色で。


アルバイトがない日もこまごまとした日常の用事が続き、ようやくぽかりと午後が空いたのは、納骨式から十日経った火曜日のことだった。玄也は自宅の車のカーナビに、友人がいる霊園の住所を打ち込んだ。周辺の地図を見る限り、駅から離れた少し辺鄙《へんぴ》な場所にあるようだ。

途中でスーパーに立ち寄り、花束を二つと、彼女が好きそうなトロピカルな感じのアイスティーを買った。車に戻ってふと線香とライターを忘れたことに気づき、慌ててそれも買い足した。

助手席に置いた花束から、青く生々しい香りが立つ。白百合が入ったものを選んだのは、漠然と友人に似ていると思ったからだ。線が細いせいか、初めて会ったときには大人しく控えめな印象を受けた。だが打ち解けると、彼女はむしろ奔放で豪胆だった。けっして小ぶりの花ではない。冴えた色合いで香りの強い、遠くからでも、あそこに咲いている、とすぐにわかる花が彼女のイメージに近かった。

そんな彼女が、本当はどんな花が好きだったのか、玄也は知らない。知る機会がなかった。彼女を思って花を選ぶ日が来るなんて、想像したこともなかった。

広々とした霊園の駐車場に他の車はなかった。納骨式に参列した友人から、墓のだいたいの位置は聞いていた。途中の水汲み場で水桶《みずおけ》と柄杓《ひしゃく》を借りる。桶に水を張り、霊園の一番奥から三列目、右手側の区画を目指す。すると、ずらりと並んだ墓石のただなかに人影を見つけた。クリーム色の半そでシャツにグレーのプリーツスカートを合わせた、女の子だ。片手に重そうな学生鞄を提げ、色の深い黒髪をきりっと後頭部で結んでいる。

友人に聞いていた墓の場所は、ちょうど女の子のいるあたりだ。玄也は近づくのをためらった。女の子は墓石に強いまなざしを向け、声を出さずに泣いていた。

泣き顔を見ているのも悪い気がして、玄也は少し離れた位置で顔をそらし、女の子の墓参が終わるのを待った。五分ほど経つと女の子は自分の腕で涙を拭き、墓石に触れ、なにか話しかけてからその場を離れた。こちらへ歩いてくる。玄也と目を合わせ、女の子は足をとめた。

「あ……こんにちは」

「こんにちは」

目元を赤くした女の子は、やはり友人の――日野原茅乃《ひのはらかやの》の――娘だった。名前は菜緒《なお》といったはずだ。たしか、今年の春から高校に入ったのではなかったか。

「すみません、お母さんの……友達の人ですよね」

速いまばたきを刻み、菜緒は自信なげに口にした。通夜で挨拶はしたが、名前が出てこないのだろう。あれほど沢山の大人にいっぺんに声をかけられたのだ。無理もないと玄也は思う。

「安堂です。ええと、納骨式に来られなかったので、改めて、か――大橋《おおはし》さんにご挨拶したいなと」

「あ、ありがとうございます……きっと喜ぶと、思います」

菜緒は道を譲り、てのひらで母親がいる墓を示した。玄也は会釈《えしやく》をして、彼女の横をすり抜けた。

玄也と同じ道場で稽古をした学生の頃、友人の名前は日野原茅乃だったが、結婚して大橋茅乃になった。大橋茅乃という名前はなんど見聞きしても、あまりしっくりこなかった。だから「大橋家之墓」と彫られた墓石の前で玄也が感じたのは、知らない家の前に立っているような淡い緊張だった。墓は故人と対面する場所というよりも、故人が属していた家と対面する場所なんだな、と実感する。墓誌《ぼし》には、茅乃を含めて四名分の戒名が刻まれている。野原に作られた土饅頭《どまんじゆう》みたいな墓だったら、生きていた頃の彼女と同じように、かやのん、と呼びかけることもできたかもしれないけど。玄也は苦笑まじりに軽く手を合わせ、まずは花立で萎《しお》れていた花を捨てた。中の水を交換し、持参した新しい花を供える。納骨式の前に掃除がされたのだろう、墓石そのものに目立った汚れは見当たらなかった。周囲に生えた草をむしり、新しく汲《く》みなおした水を墓石にかける。持参したアイスティーを供物台の上に置き、最後に線香に火を点けて香炉に入れた。茅乃さんに取り次いでください、みたいな気分で両手を合わせ、目を閉じる。

――来るのが遅れてごめん。でもさあ、いなくなったって感じしないよ。もともと毎日顔を合わせてたわけじゃないし。たまに会って、飯食ってって付き合い方だったから。目の前にはいないけど、どこかにいるよなって感覚が、いまも続いてるんだ。

通夜の帰り、玄也は共通の友人である森崎青子《もりさきあおこ》と花田卓馬《はなだたくま》と連れ立って海沿いのホテルに一泊し、茅乃を偲《しの》ぶ飲み会をした。ビールグラスを一つ多めに用意して、三人でずいぶん飲んだ。

ワイン二本が空いた夜更け、特に茅乃と交流が深かった青子は、茅乃の断片が今も自分の中に残っている気がする、とぽつりと言った。青子はかつて亡くした自分の娘についても似た内容を口にしていた。きっと、いなくなった人間を自身の中に取り込んだと思うことで安心する人なのだろう。

青子を友人として尊重しつつも、死者と共に生きようとする彼女の感覚は、玄也にはよくわからなかった。玄也にとって、他者はあくまで異物だ。どれだけ親しみを覚えても同じ肉体で共存することはできない。共存できたなら、それはもはや幻じゃないかと思う。青子の娘の話を初めて聞いたときは、やっぱり子供を亡くした親は気が動転するんだな、と冷淡な感想を持ったものだ。

だけど飲み会を終えて自室に戻り、酔い醒ましにベランダから夜の海を眺めていたとき、玄也はふと、青子のこだわりの大まかな輪郭がわかった気がした。

茅乃はもういないのに、いなくなった気がしない。それは彼女に名を呼ばれ、受け入れられた感覚がずっと続いているからだ。

ならわざわざ、いなくなった、だなんて律義なことを思わなくてもいいんじゃないか。

夜の海は吸い込まれそうなほど暗い。しかしその日は星がよく見えた。豊かにふくらんだ月も。星から放たれた光が地球に届くには時間がかかる。自分たちが見ているのは過去に発された光であり、目に映る星がすべて、この瞬間に存在しているとは限らないのだ。友人はいる。消えてもまだ、光を届けてくれている。そこにある星も、ない星も、光っているという意味では変わらない。

——俺はそんな、ふたしかな銀河で生きることにしました。なので、そちらに飽きたら、また飲み会に遊びに来てください。ずっとかやのんの席はあるから。

目を開き、合わせた手をほどいた。供えたアイスティーを回収し、墓の前から離れる。

先ほどすれ違ったのと同じ位置に、菜緒はまだ立っていた。

そういえば、駅からずいぶん離れているのにどうやって彼女はここに来たのだろう。制服のまま、ということは学校帰りか。午後三時に、学校帰り？

「菜緒さんは……一人でここへ？　駅から遠いし、大変だったんじゃない？」

むしろ、学校帰りにしては少し時間が早くないか。午後の授業をさぼったとか？　こういうとき、学習塾に勤めている青子なら状況が推察できるのだろうが、玄也はすでに高校生の一般的な下校時刻がわからなくなっていた。菜緒は心持ち口をとがらせ、ゆらゆらと腕を揺らした。

「えっと……今日は父親にも、祖父母にも、誰にも言わずに一人できました。駅からは、タクシーで。タクシー、初めて一人で乗りました。すごく緊張した」

「……なんでそんなことを？」

彼女の言っていることがまるでわからず、困惑まじりに聞いた。菜緒は言いにくそうに、でも、言いたそうに、唇をむずつかせている。

「父も、祖父母も、連れてきてあげるから会いたくなったら言いなさいって言うんです。でも、今まで母とはいつも一対一で話してたのに、これからは誰かと一緒じゃないと会えないって変っていうか……一人で会いたかったから……お金かかるし、しょっちゅうは無理だけど、いざとなったら一人でも来られるって、確認できてよかったです」

「そうか……」

高校生って不自由だな、と玄也は目が覚めるような心地で思った。こんなに行動を制限されるものだったか。十代の半《なか》ばは——まあ、そんなものだったか？　思い出せない。

「うん、きっと、菜緒さんが特別に会いに来てくれて、大橋さんも喜んでるよ」

それ以外の、どんな言葉が言えただろう。しかし菜緒は、思いがけず硬いものでも嚙《か》んだような、戸惑いを顔によぎらせた。

「どうでしょう……喜ぶ……喜ぶかな？　母は、よく私に怒ってました」

「そうなんだ。意外だ。大橋さん、あまり怒るイメージじゃなかったから」

「母は病気で、負担をかけちゃいけないのに、私が……いい加減で、生意気な口をきくから、ずっとイライラさせてて。母は、私のことは……好きじゃなかったと思います。だから、私が会いに来て喜んでいるかは」

「ちょっ、ちょっと待った……えっと、座ろう。座って、落ち着いて話そう」

玄也は菜緒を水汲み場近くのベンチへ誘《いざな》った。どうやら彼女は、自分の想像の及ばない深い混乱の中にいるようだ。菜緒は静かにあとをついてきて、玄也の隣に座った。

「大橋さんは、菜緒さんが志望校に合格したとき、すごく喜んでたよ。えらいんだ、頑張ってたんだってたくさん褒めてた。俺の見た感じではあるけど、菜緒さんのことがとても大事なんだなって思ったよ」

「……どうでしょう？　合格したのは、第三志望です。母は、私自身よりずっと私の受験に熱心でした。私に合う学校を一緒に探してくれるというより、とにかくなるべく偏差値の高いところ、有名なところにって感じで……母は、なんでもできる人でした。学生の頃から優秀だったって、親族はみんな言います。病気と闘いながら精力的に働いて、家のこともして。死んだ後も、みんな母を褒めます。あなたのお母さんは立派だったって。それが私のための言葉だっていうのもわかります。立派な、自慢の母です。でも、だから」

菜緒は言葉を切り、玄也を見るのをやめて霊園に並んだ墓石へ淡いまなざしを向けた。小さな唇で潰した言葉は、けっして幸福なものではないだろう。友人とその娘の間にこれほど深刻な断絶が起こっているなんて考えたこともなかった。衝撃を受け、玄也は思わず片手で口を覆った。

自分は心のどこかでずっと、かやのんは優秀だから、偉いから、どうせ大丈夫、俺よりはマシ、と彼女が口にする悩みを小さく見積もって、聞き流してきたのではないか。

「……ごめん。俺は、間違いなく長いあいだ大橋さんのそばにいた大人の一人で、あの人と話し合ったり、問題があるなら対処法を一緒に探したり、できるはずの立場で。だけど、大橋さんが困っているって、ちゃんと考えたことがなかった。菜緒さんがした辛い思いは、俺にも責任がある。ごめんなさい」

菜緒は目を丸くして、黙り込んだ。突然二回りも年の離れた大人に謝られて、気味が悪いだろう。申し訳ない気分で玄也は続けた。

「でも、大橋さんが……いつだったかな、けっこう昔になんか……無理をしてる、子供にも負担をかけてる、生活を変えたい、みたいなことを言ってたのは覚えてる。でも、彼女が納得のいく形で生活を立て直すよりも先に再発しちゃって、それで、完全にキャパオーバーになったんじゃないかな。かやの……や、大橋さんの」

「茅乃で、大丈夫です」

「すみません。えっと、とにかく……か、茅乃さんが、菜緒さんの話をして、いやな顔をしたときなんか一度もない。だから菜緒さんに辛く当たったのも、あなたが生意気だとか優秀じゃないとか、そんな、そんな馬鹿げた理由では絶ッ対になくて！　大人たちで解決しなきゃいけない問題がうまく解決されず、あなたに雪崩《なだ》れ込んだだけだ。俺や茅乃さんに、腹を立ててください。大人の方が悪いんだ」

まるで押し寄せた言葉を少しずつ読み解くように、ゆっくりとゆっくりとまばたきをして、菜緒は口を開いた。

「じゃあ、お母さんは、私のこと、きらいじゃ」

「きらいじゃない。絶対に、きらいじゃない。学生時代から知ってる俺が断言します。信じてください」

「そうか……そうなんだ……」

空気漏れを思わせるキュウウと鋭く響く音が、一瞬、どこからしたのか分からなかった。喉から奇妙な音を立てた菜緒は体を縮め、体内に鬱積した土砂を吐き出すように泣き始めた。

あまりに喉が痛そうな泣き方だったので、途中で玄也は供物台から回収したアイスティーを菜緒に差し出した。

「す、すみません」

「いえ、ゆっくりで、大丈夫なんで」

「はい」

肉の薄い喉を痙攣《けいれん》させ、菜緒はトロピカルなアイスティーを一口飲んだ。そして唐突に、弾けるように笑い出した。

「うははは……お母さんがよく飲んでた、めちゃくちゃ甘い香りがするのにぜんぜん甘くない、詐欺みたいなお茶だ！　私の大っきらいなやつ！　すごい。ピンポイント。もう二度と飲まないと思ってたのに」

「え、ほんと……別の買おうか」

「いえ！　これがいいです。なつかしい。すみません、ありがとうございます」

菜緒の背中が弾むのが、泣いているからなのか笑っているからなのか、よくわからない。

玄也はベンチの背もたれに体を預け、淡い色をした空を見上げた。もうすぐ梅雨が始まる。ものすごい速度で日々が流れていく。彼女が笑っていた春が遠ざかる。

帰りのタクシー代はもったいないだろうと、玄也は菜緒を駅まで送ることにした。駅前のロータリーで彼女を降ろし、別れ際に声をかける。

「学校でも、家でも、大人になってからでも、なにか困ったとか、手を貸してほしいことがあったら言ってください。どうしたら菜緒さんが楽になるだろうって、一緒に考えます。俺ができることは俺が、俺ができないことでも、俺より……俺とは、違うタイプの生き方をしてきた大人が、あと二人いるから。きっと誰かは、役に立てると思う。迷わないで、なんでも言って」

そう告げて、レシートの裏に書いた電話番号とメッセージアプリのＩＤを渡す。菜緒は走り書きを真面目な顔で見つめた。

「安堂さん、私のお母さんが私に約束して、でもぜんぜん叶えてくれなかったこと、いっぱいあるんです。弟妹を作れなかった代わりに小学生になったら猫を飼わせてあげるとか、私の結婚式を見るまで死なないとか。できない約束ばかりして、やっぱりひどい人だったのかなって思います。でも、一つだけ、ちゃんと本当になった」

意味がわからず、玄也は首を傾《かし》げた。菜緒はじわりと口角を持ち上げる。

「あなたは生涯を通じてけっして一人にはならない、って。何回も、念を押すみたいに言ってた。あの人の言うことを、本当にしてくれてありがとう」

照れくさそうに手を振って、菜緒は駅の構内へ吸い込まれていった。

玄也はスマホを取り出した。いつも連絡をとるのに使っているメッセージアプリを起動する。少し前まで三人分の既読マークがついたトークルームに、なにか打ち込もうと親指を迷わせる。菜緒さんに会ったよ、だろうか。かやのんの墓掃除してきた、だろうか。他愛《たわい》もない、別に言わなくたっていいことを、彼らには伝えたい。

すると、玄也が打ち始めるよりも先に、ぽこんと新しいメッセージが表示された。送信者は、花田卓馬だ。

【俺の家の前にスズメバチいんだけど！　これ近づいたら刺されるやつ？】

わざわざ泣き顔の顔文字までついている。よっぽど慌てて撮ったのだろう、手ぶれした玄関先の写真が続けてアップロードされた。それを受けて森崎青子から「安全第一」と書かれた旗を振る、工事作業員っぽいヘルメットをかぶったうさぎのスタンプが送信される。反応するのがめんどくさいから適当に送ったのだろう。仕方なく玄也は卓馬から送られた写真を拡大した。手ぶれだけでなく画面が暗すぎて、蜂がどこにいるかもわからない。

【なんも見えねえ】

短く打ち返す。ひひ、と喉の奥が笑いで震えた。

参考文献

『患者さんのための乳がん診療ガイドライン2019年版』（日本乳癌学会編）
『ひきこもりのライフプラン』（斎藤環、畠中雅子／岩波ブックレット）
『ケアとしての就労支援』（斎藤環、松本俊彦、井原裕監修／日本評論社）
『発達障害の人の「就労支援」がわかる本』（梅永雄二監修／講談社）
『学習障害（LD）で算数・数学ができない子が大人になったらもっとたいへんでした。』（小本儀奈弥子、MBビジネス研究班／まんがびと）
『算数の天才なのに計算ができない男の子のはなし』（バーバラ・エシャム文、マイク&カール・ゴードン絵、品川裕香訳／岩崎書店）

初出

「新しい星」　別冊文藝春秋　２０１９年９月号
「海のかけら」　別冊文藝春秋　２０２０年１月号
「蝶々ふわり」　別冊文藝春秋　２０２０年５月号
「温まるロボット」　別冊文藝春秋　２０２０年９月号
「サタデイ・ドライブ」　別冊文藝春秋　２０２１年１月号
「月がふたつ」　別冊文藝春秋　２０２１年５月号
「ひとやすみ」　別冊文藝春秋　２０２１年９月号
（掲載時「私たちの星」を改題）
「ぼくの銀河」　別冊文藝春秋　２０２１年11月号

彩瀬　まる（あやせ・まる）
1986年千葉県生まれ。上智大学文学部卒。2010年「花に眩む」で女による女のためのR-18文学賞読者賞を受賞しデビュー。16年『やがて海へと届く』で野間文芸新人賞候補、17年『くちなし』で直木賞候補、18年同作で高校生直木賞受賞。19年『森があふれる』で織田作之助賞候補。他の著書に『不在』『さいはての家』『まだ温かい鍋を抱いておやすみ』『川のほとりで羽化するぼくら』など。

新《あたら》しい星《ほし》

二〇二一年十一月二十五日　第一刷発行
二〇二一年十二月二十五日　第二刷発行

著　者　彩瀬《あやせ》　まる
発行者　大川繁樹
発行所　株式会社　文藝春秋

〒一〇二‐八〇〇八
東京都千代田区紀尾井町三‐二三
☎〇三‐三二六五‐一二一一

印　刷　凸版印刷
製　本　大口製本
組　版　萩原印刷

　ISBN978-4-16-391468-8